スギナ屋敷《やしき》のオバケさん

オバケとキツネの術《じゅつ》くらべ

富安陽子・作　たしろちさと・絵

ひさかたチャイルド

1　オバケさん迷子《まいご》になる

テンテル山《やま》の中腹《ちゅうふく》に、スギナ屋敷《やしき》と呼《よ》ばれる緑屋根《みどりやね》の家《いえ》が建《た》っていました。その家《いえ》にはオバケさんと、オバケのシフォンくんと、屋敷守《やしきもり》オバケのしゃもじいさんが住《す》んでいました。

え？　オバケが三《さん》びきも住《す》んでいるのか、ですって？　いえ、いえ。オバケは三《さん》びきじゃなくて二《に》ひきです。シフォンくんと、しゃもじいさんはオバケですが、オバケさんはオバケではありません。

なんで、オバケじゃないのに、オバケさんなのか、ですって？

それはね、オバケさんの本名《ほんみょう》が尾羽健一郎《おばけんいちろう》だからです。オバケンイチロウ、だから、みんなにオバケさんと呼《よ》ばれているっていうわけです。

困《こま》ったことに、このあだなのせいで、屋敷《やしき》に住《す》むオバケたちは、オバケさんのことを本物《ほんもの》のオバケ……つまり、自分《じぶん》たちの仲間《なかま》だと思《おも》っていました。オバケさんは、自分《じぶん》がオバケじゃなくて人間《にんげん》だということを、何度《なんど》か説明《せつめい》しようとしたのですが、オバケたちは、オバケさんが冗談《じょうだん》を言《い》っているのだと思《おも》いこんでしまって、その話《はなし》を信《しん》じようとしないのです。

ですから、スギナ屋敷《やしき》に住《す》む二《に》ひきのオバケたちは今《いま》も、オバケさんのことをオバケだと思《おも》っています。スギナ屋敷《やしき》にしょっちゅう遊《あそ》びにやってくる、タヌダちゃんというタヌキが化《ば》けた女《おんな》の子《こ》も、オバケさんを仲間《なかま》だと勘《かん》ちがいしています。まったく、どいつもこいつも困《こま》ったものですよね。

でも、なぜ、オバケでもないオバケさんが、オバケたちと同《おな》じ屋根《やね》の下《した》で暮《く》らすことになったのでしょう？

残念《ざんねん》ながら、それを説明《せつめい》しようと思《おも》うと、長《なが》い長《なが》い話《はなし》になってしまいます。たぶん、本一冊分《ほんいっさつぶん》ぐらいのお話《はなし》にね。ですから、もし、そのあたりの事情《じじょう》を知《し》りたい人《ひと》はどうぞ、このシリーズの一巻目《いっかんめ》の本《ほん》を読《よ》んでみてください。『スギナ屋敷《やしき》のオバケさん　オバケ屋敷《やしき》にお引《ひ》っ越《こ》し』という本《ほん》です。

さて、テンテル山《やま》にはもう、夏《なつ》の始《はじ》まりを告《つ》げる湿《しめ》った風《かぜ》が吹《ふ》いていました。ヤマザクラも散《ち》り、雑木林《ぞうきばやし》の梢《こずえ》をうずめる若葉《わかば》は眩《まぶ》しいほどに輝《かがや》いて、ヒイラギナンテンの花《はな》が、やぶのどこかで甘《あま》い香《かお》りを放《はな》っています。

オバケさんはその日朝早《ひあさはや》くから、町《まち》に仕事《しごと》に出《で》かけていました。テレビ局《きょく》の、料理番組《りょうりばんぐみ》に出演《しゅつえん》するためです。そう、そう。オバケさんはね、料理研究家《りょうりけんきゅうか》なんですよ。様々《さまざま》なおいしい料理《りょうり》のレシピを考《かんが》えたり、そのレシピを本《ほん》にして出版《しゅっぱん》したり、それからテレビの料理番組《りょうりばんぐみ》の講師《こうし》も引《ひ》き受《う》けていたのです。

オバケさんは、仕事《しごと》に出《で》かける時《とき》にはいつも黄色《きいろ》いバンを運転《うんてん》していくのですが、テンテル山《やま》からテレビ局《きょく》のある町《まち》までは、ずいぶん遠《とお》かったので、帰《かえ》ってくるころにはもう、あたりには夕暮《ゆうぐ》れの気配《けはい》がただよいはじめていました。

山《やま》のふもとの町《まち》は、夕陽《ゆうひ》のオレンジ色《いろ》に輝《かがや》いて、バラ色《いろ》の雲《くも》が一《ひと》つ、テンテル山《やま》の上《うえ》を東《ひがし》に流《なが》れていくのが見《み》えました。

オバケさんは、いつものようにふもとの町並《まちな》みの中《なか》をバンで走《はし》りぬけ、町《まち》はずれの信号機《しんごうき》のある交差点《こうさてん》を右《みぎ》に曲《ま》がりました。その道《みち》をしばらく走《はし》れば、山《やま》の中《なか》をのぼっていく、ぐねぐね道《みち》の入口《いりぐち》が見《み》えてくるはずなのです。

ところが、おかしなことに、その日《ひ》は、いくら走《はし》っても、走《はし》っても、

スギナ屋敷《やしき》へと通《つう》じるぐねぐね道《みち》の入《いり》口《ぐち》が見《み》えてこないのです。

「おっかしいなあ……。いつもの道《みち》なのに、入口《いりぐち》を見落《みお》としたかなあ……」

オバケさんは車《くるま》を走《はし》らせながら、道《みち》の行《ゆ》く手《て》に必死《ひっし》に目《め》をこらしました。

いつしか、道《みち》は、ずいぶんと細《ほそ》くなって、これではもう、引《ひ》き返《かえ》そうにも、車《くるま》の向《む》きを変《か》えることができません。

「困《こま》ったなあ……。どっか広《ひろ》いとこで、方向転換《ほうこうてんかん》しなくっちゃ……」

ところが、細《ほそ》い一本道《いっぽんみち》はカーブを描《えが》

きながら先《さき》へ先《さき》へとのびていくのですが、道幅《みちはば》が広《ひろ》くなる所《ところ》なんてぜんぜんありませんでした。

仕方《しかた》なくオバケさんは、車《くるま》を走《はし》らせつづけました。道《みち》の両側《りょうがわ》には深《ふか》い雑木《ぞうき》林《ばやし》が広《ひろ》がっています。林《はやし》の底《そこ》にはもう夕闇《ゆうやみ》が重《おも》たくたまりはじめ、うす青《あお》い影《かげ》が道《みち》の上《うえ》にもはみ出《だ》してきていました。夜《よる》が近《ちか》づく気配《けはい》に、オバケさんは、あせりはじめました。

「どうしようかなあ……。困《こま》ったぞ。これじゃあ引《ひ》き返《かえ》せないな。いったい、この道《みち》はどこに続《つづ》いてるんだ？　まいったな。家《いえ》のすぐ近《ちか》くで迷子《まいご》になるなんて……」

どれほど走《はし》りつづけたのでしょう。とうとう、あたりは、とっぷりと暮《く》れ、オバケさんは車《くるま》のヘッドライトをたよりに細《ほそ》い道《みち》を走《はし》っていました。すると――。

ヘッドライトの中《なか》に、ふいに一《ひと》つの人影《ひとかげ》が浮《う》かび上《あ》がりました。真《ま》っ暗《くら》な山道《やまみち》に現《あらわ》れたその人影《ひとかげ》は、道端《みちばた》でオバケさんに手《て》を振《ふ》っているようです。

オバケさんは、ギクリとしながらブレーキを踏《ふ》みました。

人影《ひとかげ》が、車《くるま》の方《ほう》に近《ちか》づいてきました。

女《おんな》の人《ひと》です。インディゴブルーのワンピースの上《うえ》に黒《くろ》いエプロンをかけ、白《しろ》いカーディガンをはおり、首《くび》の後《うし》ろで一《ひと》つに束《たば》ねた髪《かみ》の毛《け》がゆらゆらとゆれています。

『幽霊《ゆうれい》？』

一瞬《いっしゅん》そんなことを考《かんが》えてから、オバケさんはすぐに、ばかげた考《かんが》えを頭《あたま》から振《ふ》り払《はら》いました。だって、その人《ひと》は、とってもいきいきとして元《げん》気《き》そうで、ちっとも幽霊《ゆうれい》っぽくなかったのです。

女《おんな》の人《ひと》は、てきぱきした様子《ようす》でオバケさんの車《くるま》の横《よこ》に歩《あゆ》み寄《よ》ると、運《うん》転席側《てんせきがわ》の窓《まど》をコンコンと軽《かる》くノックしました。

オバケさんは、あわてて窓《まど》ガラスを下《さ》げました。すると、開《ひら》いた窓《まど》から車《くるま》の中《なか》をのぞきこんで、女《おんな》の人《ひと》がオバケさんに話《はな》しかけました。

「ねぇ、さっきから、どうして同《おな》じ所《ところ》をグルグル走《はし》り回《まわ》っているの？」

「え？　同《おな》じ所《ところ》？」

オバケさんは、びっくりして、車《くるま》の中《なか》から女《おんな》の人《ひと》の顔《かお》を見《み》上《あ》げました。

女《おんな》の人《ひと》は、束《たば》ねた髪《かみ》を、馬《うま》のしっぽみたいにゆらしながら、ウン、ウンと真剣《しんけん》な顔《かお》でうなずきました。

「そうよ。さっきから、黄色《きいろ》いバンが何回《なんかい》もあたしの家《いえ》の前《まえ》を通《とお》りすぎるから、数《かぞ》えていたんだけど、あなたったら、五回《ごかい》もここを通《とお》ったでしょ？　もう一回通《いっかいとお》りかかったら、何《なに》をしてるのか聞《き》いてみなくっちゃって思《おも》ってたら、またやってきたってわけ。だから、これで六回目《ろっかいめ》ってことね。ねぇ、どうして、六回《ろっかい》も同《おな》じ所《ところ》を走《はし》り回《まわ》ってるの？」

「同《おな》じ所《ところ》を六回《ろっかい》も？」

そう言《い》ってオバケさんは、女《おんな》の人《ひと》の言葉《ことば》を確《たし》かめるように、つくづく、車《くるま》の外《そと》をながめました。すると、木立《こだ》ちしか見《み》えないと思《おも》っていた雑木《ぞうき》林《ばやし》の中《なか》に、ポツンと一《ひと》つ灯《とも》る明《あ》かりが見《み》えました。どうやら家《いえ》の明《あ》かりのようです。

「ええと……」

オバケさんは、大《おお》きく一《ひと》つ深呼吸《しんこきゅう》をしてから、もう一度《いちど》女《おんな》の人《ひと》の顔《かお》を見上《みあ》げて質問《しつもん》しました。

「あの……、ここ、どこですか？」

「ここは、テンテル山《やま》の西《にし》の谷《たに》よ」

女《おんな》の人《ひと》の言葉《ことば》にオバケさんは目《め》を丸《まる》くしました。

「え？　西《にし》の谷《たに》？……ぼくは、山《やま》の東側《ひがしがわ》の中腹《ちゅうふく》にあるわが家《や》を目指《めざ》してたんだけど、どこでまちがったのかなぁ……」

女《おんな》の人《ひと》は、考《かんが》えこむような目《め》でじっとオバケさんを見《み》つめました。オバケさんは、すぐ近《ちか》くから、女《おんな》の人《ひと》に見《み》つめられて、ちょっとドギマギしましたが、相手《あいて》は、そんなオバケさんの様子《ようす》に気《き》づくふうもなく、やがて、大《おお》きく一《ひと》つうなずいて口《くち》を開《ひら》きました。

「きっと、化《ば》かされたのね」

「へ？」

オバケさんは、びっくりして目《め》をパチクリさせましたが、女《おんな》の人《ひと》は大《おお》真面目《まじめ》でした。

「きっと、そうよ」

もう一度《いちど》、そう言《い》ってうなずくと、女《おんな》の人《ひと》はオバケさんに向《む》かって言《い》い聞《き》かすように語《かた》りかけました。

「あなた、化《ば》かされたのよ。タヌキか、それともキツネに……」

タヌキかキツネ……と言《い》われて、オバケさんの頭《あたま》の中《なか》にはまず、知《し》り合《あ》いの化《ば》けダヌキのタヌダちゃんの顔《かお》が浮《う》かびました。でも、タヌダちゃんが、わざわざ、オバケさんを化《ば》かしたりするとは思《おも》えません。……じゃあ、キツネ？　そういえば、タヌダちゃんはたしか、この山《やま》には意《い》地悪《じわる》なキツネが一《いっ》ぴき住《す》んでいると言《い》っていましたっけ……。

そんなことを、あわただしく考《かんが》えているオバケさんに向《む》かって、女《おんな》の人《ひと》がまた言《い》いました。

「昔《むかし》から、よくある話《はなし》よ。いつも、通《かよ》いなれた道《みち》なのに、どういうわけか迷《まよ》っちゃうの。そういう時《とき》は、たいがい、タヌキかキツネの仕業《しわざ》なのよ。化《ば》かされた本人《ほんにん》は道《みち》に迷《まよ》ったたって思《おも》いこんじゃうんだけど、実《じっ》は、同《おな》じ所《ところ》をぐるぐる、ぐるぐる、どうどうめぐりさせられてるだけなの。あなたみたいにね」
・・・・・あなたみたい、と言《い》われて、オバケさんはギクリとしました。でもたしかに、テンテル山《やま》のふもとで道《みち》に迷《まよ》うなんて、ふつうでは考《かんが》えられないことです。
「……じゃあ、ぼくは、だれかに化《ば》かされたのかなあ……」

「そうよ。化《ば》かされたのよ」

女《おんな》の人《ひと》は、きっぱりとうなずきました。そして、窓《まど》の向《む》こうからオバケさんに、にっこりと笑《わら》いかけました。

「じゃあ、ちょっと、家《うち》へいらっしゃいよ。魔除《まよ》けのお茶《ちゃ》を一杯《いっぱい》ごちそうするわ。このお茶《ちゃ》を飲《の》めば、タヌキやキツネに化《ば》かされた人《ひと》もたちまち魔力《まりょく》から解放《かいほう》されるから……」

2　スミ丸《まる》ギツネからの挑戦《ちょうせん》

結局《けっきょく》、その日《ひ》、オバケさんがスギナ屋敷《やしき》に帰《かえ》りついたのは、夜遅《よるおそ》くなってからでした。

スギナ屋敷《やしき》では、プンプン怒《おこ》ったシフォンくんと、心配顔《しんぱいがお》のしゃもじいさんと、なぜか、ご近所《きんじょ》のタヌダちゃんまでが、揃《そろ》って、オバケさんを出迎《でむか》えてくれました。

「遅《おそ》いよ！」

まず、シフォンくんが、帰《かえ》ってきたオバケさんの目《め》の前《まえ》を、フワフワ飛《と》び回《まわ》りながら文句《もんく》を言《い》いました。

「いったい、どこ行《い》ってたの？　ぼく、もうおなか、ぺこぺこだよ！」

「若《わか》、ご無事《ぶじ》でしたか」と言《い》ってしゃもじいさんが、オバケさんに深々《ふかぶか》と頭《あたま》を下《さ》げました。

「おかえりなさいませ。若《わか》の身《み》に、何《なに》か起《お》こったのではないかと、ご心《しん》配《ぱい》申《もう》しあげておりましたぞ」

「夕飯《ゆうはん》までには帰《かえ》る、って言《い》ってたんでしょ？」

タヌダちゃんが、責《せ》めるような目《め》つきで、オバケさんをジロジロ見《み》ながら言《い》いました。

「これじゃあ、夕飯《ゆうはん》じゃなくて、お夜食《やしょく》よ。時間《じかん》は、ちゃんと守《まも》らなくちゃね」

さすがにムッとしてオバケさんは、タヌダちゃんに言《い》い返《かえ》しました。

「タヌダちゃんこそ、どうして、こんな時間《じかん》まで家《いえ》に帰《かえ》らないんだい？ここは、君《きみ》の家《いえ》じゃないんだよ」

しかし、オバケさんがそう言《い》い終《お》えるより早《はや》く、タヌダちゃんが、

「あーっ!!」と叫《さけ》びました。

黒《くろ》っぽい鼻《はな》をフン、フンと動《うご》かし、眉間《みけん》にしわをよせ、タヌダちゃんは、オバケさんの前《まえ》からじりじりと後《あと》ずさりました。

「なに、これ？　なに、これ!?　なに、これ!!?」

オバケさんも、びっくりして、後《あと》ずさるタヌダちゃんに言《い》いました。

「何《なに》が？　何《なに》が!?　何《なに》が!!?」

「これ、魔除草《まよけそう》の匂《にお》いじゃない！」

タヌダちゃんは、すっごく怒《おこ》ったように言《い》いました。

「すっごく、いやな匂《にお》い！　ヒリヒリ、

トゲトゲして、鼻《はな》の奥《おく》につきささるかんじ。これは絶対《ぜったい》、魔《ま》除草《よけそう》よ！　どうして、魔除草《まよけそう》の匂《にお》いなんかさせてるの？　これ、いやがらせなの？」

「いやがらせなんて、とんでもない！」

オバケさんは、ふんがいして叫《さけ》びました。

「ぼくは今日《きょう》、とっても、ひどい目《め》にあったんだからね。どうやらだれかさんが、ぼくを化《ば》かしたらしい。テンテル山《やま》のふもとで、道《みち》に迷《まよ》って、同《おな》じ所《ところ》を、ぐるぐる、ぐるぐる、どうどうめぐりさせられたんだよ。で、六回目《ろっかいめ》に西《にし》の谷《たに》を通《とお》りかかった時《とき》、親切《しんせつ》な人《ひと》が、ぼくを呼《よ》び止《と》めて、魔除《まよ》けのお茶《ちゃ》を一杯《いっぱい》、飲《の》ませてくれたんだ。それで、やっとこうして、家《いえ》に帰《かえ》ってくることができたっていうわけさ」

タヌダちゃんは、腰《こし》に手《て》をあてて、じろじろオバケさんをながめていました。そして、やがて「ははぁん……」とつぶやきました。

「きっと、スミ丸《まる》ギツネの仕業《しわざ》ね」

「スミ丸《まる》ギツネ?」と、オバケさんが聞《き》き返《かえ》しました。

「おなかへったよう」と、シフォンくんが言《い》いました。

「若《わか》。実《じつ》はお話《はなし》したいことが」と、しゃもじいさんが言《い》いました。

タヌダちゃんは、シフォンくんと、しゃもじいさんの言葉《ことば》を無視《むし》して口《くち》を開《ひら》きます。

「前《まえ》に話《はな》したでしょ？　テンテル山《やま》に住《す》んでる意地悪《いじわる》ギツネがいるって。そいつ、キツネのくせに体《からだ》の毛《け》が茶色《ちゃいろ》じゃなくて、黒《くろ》っぽいのよ。まるで、墨《すみ》をぬられたみたいにね。だから、スミ丸《まる》って呼《よ》ばれてるの。オバケを化《ば》かして、道《みち》に迷《まよ》わせるなんて、いい根性《こんじょう》してるわよね。でも……」

タヌダちゃんは、もう一度《いちど》つくづくオバケさんを見《み》つめ、感心《かんしん》したように大《おお》きくうなずきました。

「でも、やっぱ、オバケさんはすごいわ。魔除茶《まよけちゃ》を飲《の》んでも、正体《しょうたい》をあらわさないなんて。ふつうのオバケには、できないことよ。あたしだったら、一口《ひとくち》飲《の》んだだけで、きっと、すぐにしっぽ出《だ》して、タヌキに戻《もど》っちゃうわね。さすがぁ、オバケの中《なか》のオバケ！」

「いや……」

オバケさんは、あわてて、タヌダちゃんに言《い》いました。

「あのね、何回《なんかい》も言《い》っているように、ぼくは、オバケじゃなくて、人間《にんげん》なんだってば」

「フ、フ、フ」と、タヌダちゃんが笑《わら》いました。

「またぁ、すぐ、そんな冗談《じょうだん》、言《い》うんだからぁ……」

「冗談《じょうだん》じゃないんだったら」

「ねぇ！」

シフォンくんが、ついに、オバケさんの頭《あたま》の上《うえ》に、ぺちゃりとのっかって、怒《おこ》り出《だ》しました。

「おなか、へったんだよう！　ぼく、もう、おなかぺこぺこだよう！」

「ああ、わかった、わかった。すぐ、ご飯《はん》の用意《ようい》をするから。頭《あたま》から離《はな》

れなさい。しかし、どうして、その、スミ丸《まる》ギツネのやつ、ぼくを化《ば》かしたりしたのかなあ？　うらまれるような覚《おぼ》えは、ないんだけどなあ」
オバケさんがそう言《い》ってため息《いき》をついた時《とき》、しゃもじいさんが、一歩《いっぽ》前《まえ》に進《すす》み出《で》て、口《くち》を開《ひら》きました。
「若《わか》、その件《けん》について、お話《はなし》したいことがございます。ちょっと、耳《みみ》をお貸《か》しください」
オバケさんは、頭《あたま》の上《うえ》にシフォンくんをのっけたまま、しゃもじいさんの方《ほう》を見《み》ました。

しゃもじいさんは「ウオッホン」と咳払《せきばら》いを一《ひと》つしてから、話《はな》し出《だ》しました。

「若《わか》、実《じつ》は、本日《ほんじつ》、若《わか》がお留守《るす》の間《あいだ》に、そのスミ丸《まる》ギツネがスギナ屋敷《やしき》にやってまいりまして……」

「え?」

みんなが、びっくりして、しゃもじいさんを見《み》ました。どうやら、シフォンくんも、タヌダちゃんも、スミ丸《まる》ギツネがス

ギナ屋敷《やしき》にやってきたことは知《し》らなかったようです。

「いったい、何《なに》しに来《き》たんだい？」

オバケさんは不安《ふあん》な気持《きも》ちになって、しゃもじいさんに尋《たず》ねました。

「ウオッホン」

もう一度《いちど》、咳払《せきばら》いをすると、しゃもじいさんは重々《おもおも》しい調子《ちょうし》で、オバケさんの質問《しつもん》に答《こた》えました。

「つまり、やつは、こう申《もう》しに来《き》たのでございます。『スギナ屋敷《やしき》に住《す》

まわれる、その名《な》も高《たか》きオバケどのに一目《ひとめ》ご拝謁賜《はいえつたまわ》らんとまかり越《こ》したしだいであるが、ご不在《ふざい》とあれば、いたしかたない。このうえは、スミ丸《まる》ギツネよりの伝言《でんごん》をお伝《つた》え願《ねが》えまいか。オバケどうし、そちらの術《じゅつ》とこちらの術《じゅつ》と、どちらが上《うえ》か、いざじんじょうに、お手合《てあ》わせ願《ねが》いたい。さて、この挑戦《ちょうせん》、お受《う》け頂《いただ》けるかお返事《へんじ》や、いかに？』」

ポカン、としたような沈黙《ちんもく》が流《なが》れました。

「何《なに》、言《い》ってんのか、わかんない」

シフォンくんが、プンとふくれてつぶやきました。

「だから、結局《けっきょく》、何《なん》だったの？　ややこしい言葉《ことば》じゃなくて、スミ丸《まる》が言《い》ったまんまを教《おし》えてよ」と、タヌダちゃんが言《い》いました。

しゃもじいさんは、ちょっと考《かんが》えこみました。スミ丸《まる》の言葉《ことば》を思《おも》い出《だ》そうとしているのでしょう。やがて、しゃもじいさんは、さっきとはうってかわった言葉《ことば》をしゃべりはじめました。

「『やいやい、スギナ屋敷《やしき》に引《ひ》っ越《こ》してきたオバケってのは、どいつだ？　なに？　留守《るす》だと？　じゃあ、しょうがねぇや。俺《おれ》さまからの伝言《でんごん》を、そいつに伝《つた》えとけ。俺《おれ》さまの術《じゅつ》とそいつの術《じゅつ》と、どっちが上《うえ》か、術《じゅつ》くらべだ。俺《おれ》さまの挑戦《ちょうせん》を受《う》けるのか、それとも、しっぽを巻《ま》いて降参《こうさん》するのか、さっさと返事《へんじ》しやがれ』」

「ああ、そう言《い》ったのか」

シフォンくんが、オバケさんの頭《あたま》の上《うえ》で、納得《なっとく》したようにうなずきました。

「ずいぶん乱暴《らんぼう》なやつだなぁ」

オバケさんは、眉《まゆ》をひそめてため息《いき》をつきました。

「だいたい、なんで、ぼくがキツネと術《じゅつ》くらべなんかしなきゃならないんだ？」

タヌダちゃんが言《い》います。

「やっぱりね。やっぱり、スミ丸《まる》ギツネの仕業《しわざ》だったのよ。今日《きょう》、オバケさんを化《ば》かして、道《みち》に迷《まよ》わせた犯人《はんにん》は、あいつだったってこと」

オバケさんは、腹立《はらだ》ちまぎれにタヌダちゃんにくってかかりました。

「冗談《じょうだん》じゃないよ。ぼくは、そいつの挑戦《ちょうせん》を受《う》けるつもりなんて、これっぱかしもないいんだからね。『挑戦《ちょうせん》を受《う》ける』って返事《へんじ》したわけでもないのに、なんで、ぼくを化《ば》かしたりするんだ⁉　そんなの、勝手《かって》すぎるよ！」

タヌダちゃんは、ひょいと肩《かた》をすくめて、カッカしているオバケさんに言《い》いました。

「スミ丸《まる》ギツネってやつは、そういうやつなのよ。意地悪《いじわる》で、自分勝手《じぶんかって》なの」

「ウオッホ、ホン」

その時《とき》、しゃもじいさんが、ひときわ大《おお》きな咳払《せきばら》いをして、みんなの注目《ちゅうもく》を集《あつ》めました。

そして、見守《みまも》る全員《ぜんいん》の前《まえ》で、驚《おどろ》くべきことを言《い》ってのけたのです。

「お返事《へんじ》でしたら、私《わたくし》が、代《か》わりにしておきました」

「え？」

オバケさんは、びっくりして、まじまじとしゃもじいさんの顔《かお》を見《み》つめました。

しゃもじいさんは、かしこまってオバケさんを見《み》つめ返《かえ》すと、すまし顔《がお》で言《い》いました。

「若《わか》は、お留守《るす》でしたのでな。返事《へんじ》は早《はや》い方《ほう》がよかろうと思《おも》いましたので、若《わか》に代《か》わって私《わたくし》めが、つつしんで、スミ丸《まる》どのに返事《へんじ》をしておきましたぞ」

「……」

オバケさんは不安《ふあん》な気持《きも》ちで、しゃもじいさんに尋《たず》ねました。

「……何《なん》て？ 何《なん》て、返事《へんじ》したんだい？」

しゃもじいさんは、ぴんと背筋《せすじ》をのばし、胸《むね》を張《は》って、言《い》いました。

「喜《よろこ》んで、その挑戦《ちょうせん》、お受《う》けしよう……と」

「なんで!?」

オバケさんは絶叫《ぜっきょう》しましたが、しゃもじいさんは平気《へいき》でした。真面目《まじめ》くさった顔《かお》でオバケさんをじっと見《み》つめると、教《おし》えさとすように言《い》いました。

「若《わか》、オバケたるもの、術《じゅつ》くらべの挑戦《ちょうせん》は受《う》けねばなりませんぞ。もし断《ことわ》れば、しっぽを巻《ま》いて逃《に》げ出《だ》したと、オバケ世界《せかい》の笑《わら》いものになりましょう」

「ぼくは、オバケじゃないったら！」

オバケさんは叫《さけ》び、しゃもじいさんは「やれやれ」というように首《くび》を振《ふ》って、ため息《いき》まじりにつぶやきました。

「若《わか》、そのジョークはもう聞《き》きあきました。いいかげんになさいませ」

タヌダちゃんが腕《うで》を組《く》んで、「ふむ、ふむ」とうなずきました。

「ってことは、オバケさんとスミ丸《まる》ギツネの術《じゅつ》くらべが始《はじ》まったってことね？　これは、面白《おもしろ》い勝負《しょうぶ》になりそうだわ。ねぇ。オバケさん、がんばってよね。あの意地悪《いじわる》ギツネをぎゃふんと言《い》わせてよ」

「ぼくは、勝負《しょうぶ》なんて、しないからね」

必死《ひっし》に言《い》うオバケさんの頭《あたま》の上《うえ》で、ついにシフォンくんがしびれをきらして、ポン、ポンと、白《しろ》いまりのように弾《はず》みはじめました。

「おなかへった！　おなかへった！　もう、死《し》んじゃうよぉ！」

「わかった、わかった、わかった」

オバケさんは、あわてて、弾《はず》むシフォンくんを頭《あたま》にのっけたまま、キッチンの方《ほう》へ歩《ある》いていきました。

「今《いま》、ご飯《はん》作《つく》るからさ、頭《あたま》の上《うえ》から、降《お》りてくれったら」

その後《うし》ろ姿《すがた》を見送《みおく》りながら、しゃもじいさんがポツンとつぶやきました。

「それにしても、若《わか》に、魔除《まよ》けのお茶《ちゃ》をふるまってくださったのは、どなただったのでしょうな？」

タヌダちゃんが黒《くろ》っぽい鼻《はな》をヒクヒクさせながら言《い》いました。

「そういえば、長《なが》い間《あいだ》あき家《や》だった西《にし》の谷《たに》の山姥屋敷《やまんばやしき》に、最近明《さいきんあ》かりが灯《とも》ってるってだれかが言《い》ってた気《き》がするわ。明日《あした》、ちょっと、様子《ようす》を見《み》にいってこおよおっと」

3　スミ丸《まる》の術《じゅつ》

さて、オバケさんが道《みち》に迷《まよ》った次《つぎ》の日《ひ》の朝《あさ》のことです。

その日《ひ》、オバケさんは朝《あさ》からフワフワのフレンチトーストを焼《や》いていました。卵《たまご》とお砂糖《さとう》を混《ま》ぜたミルクの中《なか》に食《しょく》パンをじっくり浸《ひた》して、ようく味《あじ》をしみこませ、バターをひいたフライパンで、こんがり両面《りょうめん》を焼《や》いたらできあがり。そのまま食《た》べてもおいしいのですが、好《この》みでかけられるように、メープルシロップと、手作《てづく》りのリンゴジャムもテーブルに並《なら》べます。あとはサラダと、カリカリに焼《や》いたベーコンと、しぼりたてのオレンジジュース。

朝《あさ》ご飯《はん》のいい匂《にお》いをかぎつけて、みんながテーブルに集《あつ》まってきました。

みんなというのは、しゃもじいさんと、シフォンくんと、きのうからずっとスギナ屋敷《やしき》に居座《いすわ》っているタヌダちゃんです。

「うわぁ、おいしそう」

人間《にんげん》の女《おんな》の子《こ》に化《ば》けることも忘《わす》れ、タヌキの姿《すがた》のまんまでごちそうの匂《にお》いに鼻《はな》をひくつかせているタヌダちゃんを、オバケさんが注《ちゅう》意《い》しました。

「タヌダちゃん。テーブルにつく時《とき》は、ちゃんと人間《にんげん》に化《ば》けなきゃだめだよ」

だって、タヌキのまま食事《しょくじ》をすると、タヌダちゃんはそこら中《じゅう》に食《た》べカスをまき散《ち》らすのです。

「そんな堅《かた》いこと言《い》わなくたっていいじゃない、オバケ同士《どうし》なんだか

ら……」

タヌダちゃんは、どろろんパッとおさげ髪《がみ》の女《おんな》の子《こ》に化《ば》けながら文句《もんく》を言《い》いました。

「だから、ぼくは、オバケじゃないって言《い》ってるだろ？」

オバケさんは一応《いちおう》、そう言《い》い返《かえ》しましたが、タヌダちゃんはもう、フレンチトーストをほおばることに夢中《むちゅう》で聞《き》いていないようでした。

『やれやれ……』と心《こころ》の中《なか》で思《おも》いながら、オバケさんは小《ちい》さく切《き》り分《わ》けたフレンチトーストの上《うえ》にメープルシロップをトローリとかけ、パクリとほおばりました。

まあ、そのおいしいこと！　フワフワなこと！

シフォンくんは、オバケさんお手製《てせい》のリンゴジャムをべちゃべちゃつけて、フレンチトーストにかぶりついています。

「うーん、このリンゴジャム、シナモンがきいてて、すっごくおいしいねぇ」

「若《わか》は、本当《ほんとう》に料理《りょうり》がお上手《じょうず》ですなぁ。外《そと》はこんがり、中《なか》はふんわり。この焼《や》きかげんの絶妙《ぜつみょう》なこと！」

しゃもじいさんが、しみじみと言《い》いました。

オバケさんがフレンチトーストを食《た》べおわり、自分《じぶん》のコップに二杯目《にはいめ》のジュースをついだ時《とき》でした。

ピン、ポーン！

玄関《げんかん》のインターホンが軽《かろ》やかに鳴《な》りました。テーブルを囲《かこ》んだみんなは『あれ？』と、顔《かお》を見合《みあ》わせました。山《やま》の奥《おく》のスギナ屋敷《やしき》に、だれかお客《きゃく》さまがやってくるなんて珍《めずら》しいことでした。

ピン、ポーン！

二回目《にかいめ》のチャイムが鳴《な》ります。

「お客《きゃく》さまのようですな。どれ、私《わたくし》が見《み》てまいりましょう」

そう言《い》って席《せき》を立《た》とうとするしゃもじいさんを押《お》しとどめて、オバケさんが立《た》ち上《あ》がりました。

「いいよ、いいよ。ぼくが出《で》るよ。人間《にんげん》のお客《きゃく》さんかもしれないからね。みんなは、座《すわ》っていて」

しゃもじいさんは、とてもよく気《き》のきく、立派《りっぱ》なオバケなのですが、何《なん》でもまかせておくと、時々《ときどき》、とんでもないことをしでかすんです。

……たとえば、勝手《かって》に化《ば》けギツネからの挑戦《ちょうせん》を受《う》けてしまったりね。

だからオバケさんは、しゃもじいさんを押《お》しとどめ、自分《じぶん》で玄関《げんかん》に出《で》ていきました。オバケさんが食堂《しょくどう》からリビングをつっきって、玄関《げんかん》のドアの前《まえ》にたどりついた時《とき》、ピン、ポーンと、三回目《さんかいめ》のチャイムが響《ひび》きま

した。

「はい、はぁい。今《いま》、開《あ》けますよぉ」

だれだか知《し》りませんが、ずいぶん急《いそ》いでいるようです。オバケさんはドアののぞき穴《あな》をのぞきもせずに、大急《おおいそ》ぎでドアを押《お》し開《あ》け、表《おもて》に顔《かお》をつき出《だ》しました。すると——。

何《なに》かが、バラバラバラバラッと、オバケさんの頭《あたま》の上《うえ》に落《お》ちてきました。

「ひょほっ!」と叫《さけ》んで、オバケさんはドアから飛《と》びすさりました。

ドキドキする胸《むね》をおさえて、ドア

が開《あ》いた先《さき》をしげしげながめてみると、玄関《げんかん》のポーチの上《うえ》に、二十個《にじっこ》ばかりのマツボックリが転《ころ》がっているのが見《み》えました。

「な…何《なん》だ、これは？」

どうやらさっき頭《あたま》の上《うえ》に降《ふ》ってきたのは、このマツボックリのようです。でも、なんでマツボックリが空《そら》から？　……いえ、いえ、空《そら》ではありません。ポーチの上《うえ》には雨《あめ》よけのひさしがはり出《だ》しているのですから空《そら》から降《ふ》ってきたはずもないのです。どうやらだれかがドアとドア枠《わく》の間《あいだ》にマツボックリを押《お》しこんでしかけておいたようです。でも、いったいだれが？

オバケさんが首《くび》をひねっていると、表《おもて》のどこかから、キィキィ声《ごえ》で叫《さけ》ぶ者《もの》がありました。

「見《み》たか！　これぞ、スミ丸《まる》・必殺《ひっさつ》『マツボックリ落《お》とし』の術《じゅつ》だぁ！」

「ひょ？　ほ？　へ？」

オバケさんは心底驚《しんそこおどろ》きながら、おそるおそる玄関《げんかん》ポーチに一歩足《いっぽあし》を踏《ふ》み出《だ》すと、声《こえ》のした方《ほう》をながめました。

雑木林《ぞうきばやし》の入口《いりぐち》の茂《しげ》みがザワザワッとゆれ、何《なん》だか黒《くろ》っぽいものが動《うご》いています。

『そうか……。スミ丸《まる》ギツネが、また、何《なん》だかよくわからない術《じゅつ》をしかけてきたんだな』

オバケさんはやっと納得《なっとく》して、ポーチに飛《と》び出《だ》しました。

「おぅい！　スミ丸《まる》ギツネさぁん！」

ゆれている茂《しげ》みに向《む》かって、オバケさんは必死《ひっし》に手《て》を振《ふ》り大声《おおごえ》で呼《よ》びかけました。

「おぅい！　聞《き》こえますかぁ!?　術《じゅつ》くらべなんて、ぼくは、やらないからねぇ！　挑戦《ちょうせん》なんて、受《う》ける気《き》ないからねぇ！　もう、ぼくに、ちょっかい出《だ》すのは、やめてくれよぉ！」

しかし、返事《へんじ》はありません。

ゆれる茂《しげ》みのかげに、たしかに何《なに》かがかくれているようなのですが、そいつが出《で》てくる様子《ようす》はありませんでした。

「おぅい！　スミ丸《まる》さぁん！　そこに、いるんでしょ？　聞《き》こえますかぁ？」

オバケさんは仕方《しかた》なく、茂《しげ》みの方《ほう》へ行《い》ってみることにしました。とにかく、なんとか、術《じゅつ》くらべはなしだということを、スミ丸《まる》ギツネにわかってもらわなくてはなりません。

「おぅい！」

もう一度《いちど》そう呼《よ》びかけて、オバケさんが玄関《げんかん》ポーチから一歩足《いっぽあし》を踏《ふ》み出《だ》した時《とき》です。

突然《とつぜん》、足《あし》の下《した》の地面《じめん》がなくなりました。

踏《ふ》み出《だ》した足《あし》の下《した》の地面《じめん》がぬけて、オバケさんはそのままズボンと穴《あな》の中《なか》に落《お》っこちてしまったのです。

「うほー！」

オバケさんは、穴《あな》の中《なか》で変《へん》てこな叫《さけ》び声《ごえ》をあげました。

それはけっこう大《おお》きな穴《あな》でした。オバケさんがちょうど足《あし》からまっすぐにスポンとはまりこんでしまうぐらいの穴《あな》なのです。穴《あな》の底《そこ》から外《そと》に出《で》ようとジタバタもがいているオバケさんの頭《あたま》の上《うえ》から、キィキィ声《ごえ》が降《ふ》ってきました。

「フッ、フッ、フッ！　ひっかかったな、おろかなオバケよ。これぞ、『落《お》とし穴《あな》』の術《じゅつ》だあ」

見上《みあ》げると、穴《あな》の縁《ふち》からとんがった鼻面《はなづら》がのぞいていました。キツネです！　とんがった鼻《はな》に三角耳《さんかくみみ》、ピンピンとひげをはやした黒《くろ》っぽいキツネの顔《かお》が穴《あな》の縁《ふち》からオバケさんを見下《みお》ろしていました。

オバケさんは、やっと気《き》づきました。どうやら自分《じぶん》が、スミ丸《まる》ギツネの掘《ほ》った落《お》とし穴《あな》に落《お》っこちたらしいと……。

「おい。ひどいぞ。玄関《げんかん》ポーチの前《まえ》に落《お》とし穴《あな》を掘《ほ》るなんて、危《あぶ》ないじゃないか」

オバケさんは腹《はら》を立《た》てて、穴《あな》の底《そこ》からスミ丸《まる》ギツネに向《む》かってそう言《い》いましたが、なんせ、体《からだ》がぎっちり穴《あな》の底《そこ》に詰《つ》まってしまって身動《みうご》きがとれません。

スミ丸《まる》ギツネは、そんなオバケさんをばかにしたように見下《みお》ろし「フフン」と鼻《はな》を鳴《な》らして言《い》いました。

「油断《ゆだん》する方《ほう》が悪《わる》いのだ、バカモノ。情《なさ》けないやつめ。タヌキのタヌダが『スギナ屋敷《やしき》にすごいオバケがやってきた』なぁんて言《い》っていたが、ぜんぜん、ちっとも、大《たい》したことないな。これでは、挑戦《ちょうせん》のしがいがないぞ。もうすでに、三《さん》ポイント、俺《おれ》さまのリードだ」

「だから、ぼくは、そんな挑戦受《ちょうせんう》けた覚《おぼ》えもないし、受《う》けるつもりもないんだってば。しゃもじいさんが、何《なん》て言《い》ったか知《し》らないけど術《じゅつ》くらべなんてやらないからね。もう、こんなこと、しないでくれ！」

オバケさんは、ジタバタしながら精《せい》いっぱい、こわい顔《かお》をして、穴《あな》の上《うえ》のスミ丸《まる》ギツネをにらみつけました。

「フッ、フッ、フッ……」と、またスミ丸《まる》ギツネが笑《わら》いました。

「もう遅《おそ》い。今《いま》さら、負《ま》けそうだからって、勝負《しょうぶ》をやめようなんて言《い》ったって、遅《おそ》いのだ！　いいか、オバケ、ようく聞《き》け。俺《おれ》さまは、おまえを、ケチョンケチョンにやっつけるまで、勝負《しょうぶ》をやめないから、そう思《おも》え。では、さらばだ」

「え？　おい！　ちょっと！」

穴《あな》の底《そこ》でどなるオバケさんを置《お》き去《ざ》りにして、スミ丸《まる》ギツネは行《い》ってしまいました。

それからオバケさんは大変苦労《たいへんくろう》してきっちりはまりこんだ穴《あな》の中《なか》からなんとかぬけ出《だ》し、ドロドロのボロボロになって家《いえ》の中《なか》へ戻《もど》っていったのです。

ボロボロのオバケさんがダイニングキッチンに入《はい》ってくるのを見《み》て、シフォンくんが言《い》いました。

「遅《おそ》かったね」

「若《わか》、お客《きゃく》さまは、どちらさまでしたか？　ずいぶん長《なが》く話《はな》しこんでお

られたようですが」

と、しゃもじいさんが言《い》いました。

タヌダちゃんは、ドロドロのオバケさんをジロジロ見《み》て、顔《かお》をしかめました。

「ねぇ、どうして、そんなにどろまみれなの？　あたしには、テーブルにつく時《とき》は、ちゃんと人間《にんげん》に化《ば》けろ、なんて言《い》うくせに、オバケさんこそ、そんなどろんこでテーブルにつくのはオーケーなわけ？」

「好《す》きでどろんこになったんじゃな

いよ！　スミ丸《まる》ギツネの落《お》とし穴《あな》に落《お》っこちたんだよ！」

オバケさんは大声《おおごえ》で、のんきなみんなに訴《うった》えました。

「冗談《じょうだん》じゃないよ！　あいつったら、ドアを開《あ》けたら、まず、マツボックリをぼくの頭《あたま》に降《ふ》らせておいて、お次《つぎ》は玄関前《げんかんまえ》の落《お》とし穴《あな》！」

シフォンくんが非難《ひなん》するような調子《ちょうし》で質問《しつもん》をはさみました。

「両方《りょうほう》とも、ひっかかっちゃったの？」

「もちろん、ひっかかったさ！」

オバケさんは大声《おおごえ》で答《こた》えます。

「だって、まさか、だれかが、ドアにマツボックリをしかけたり、玄関《げんかん》ポーチの先《さき》に落《お》とし穴《あな》を掘《ほ》ってたりするなんて、思《おも》わないだろ？」

「それは、いかがでしょうな」

しゃもじいさんが賛成《さんせい》しかねるといった様子《ようす》で眉《まゆ》をひそめます。

「スミ丸《まる》ギツネの挑戦《ちょうせん》を受《う》けた以上《いじょう》、もう少《すこ》し用心《ようじん》なさいませんと……。若《わか》、油断《ゆだん》は禁物《きんもつ》ですぞ」

「挑戦《ちょうせん》を受《う》けたのは、ぼくじゃないからね！　しゃもじいさんが勝手《かって》に受《う》けたりするから、こんなことになるんじゃないか！」

オバケさんはふんがいして、言《い》い返《かえ》しました。

「だいたいさ、術《じゅつ》くらべなんて言《い》ってるけど、あいつのやることときたら、これじゃあ、ただの性《しょう》の悪《わる》いイタズラかイヤガラセだよ！」

「そうなのよ！　そうなのよ！」

タヌダちゃんが力強《ちからづよ》くうなずいて言《い》いました。

「スミ丸《まる》ギツネってやつは、大《たい》した術《じゅつ》を使《つか》えるわけじゃないのよ。せいぜい、できることっていったら、だれかを道《みち》に迷《まよ》わせるか、あとは、イヤガラセをするぐらいなのよ！　だから、オバケさんなら絶対《ぜったい》、あいつとの術《じゅつ》くらべに勝《か》てるはずなのよ！」

「だから、ぼくは術《じゅつ》くらべなんて、しぃなぁいぃいんだったら！」

オバケさんがむきになって叫《さけ》び返《かえ》したその時《とき》です。

ピン、ポーン！

玄関《げんかん》のチャイムが鳴《な》りました。

4 やまんばさん

食堂《しょくどう》のみんなはいっせいに、パッと玄関《げんかん》の方《ほう》を見《み》ました。

「また、来《き》たんじゃない？」と言《い》ったのはタヌダちゃんです。

それからみんなは、ゾロゾロとひとかたまりになって玄関《げんかん》に出《で》ていきました。

もちろん、今回《こんかい》は、オバケさんも用心《ようじん》して、いきなりドアを開《あ》けるようなことはしませんでした。まず慎重《しんちょう》にドアスコープをのぞきます。

しかし、ドアスコープの向《む》こうの相手《あいて》を見《み》て、オバケさんが「おや？」と言《い》うより早《はや》く、タヌダちゃんが鼻《はな》をひくつかせて騒《さわ》ぎ出《だ》しました。

「なに、これ？　なに、これ？　なに、この匂《にお》い？　これって、魔除草《まよけそう》の匂《にお》いよ！」

そこでオバケさんは、ヒソヒソ声《ごえ》でみんなに素早《すばや》くささやきました。

「みんな、かくれて！　西《にし》の谷《たに》の娘《むすめ》さんが来《き》たよ。夕《ゆう》べ、迷子《まいご》のぼくを助《たす》けてくれた人《ひと》だ」

スギナ屋敷《やしき》では、人間《にんげん》のお客《きゃく》さまの前《まえ》にオバケは姿《すがた》を見《み》せない、というのがルールになっていました。だって、人間《にんげん》の中《なか》には、オバケと聞《き》いただけで、じんましんが出《で》る人《ひと》や、目《め》を回《まわ》してしまう人《ひと》だっていますからね。ただし、ものすごぉく、人間《にんげん》に化《ば》けるのが上手《じょうず》なオバケさんだけは正体《しょうたい》がばれることはないから大丈夫《だいじょうぶ》……と、本物《ほんもの》のオバケたちは思《おも》っていたのです。だって姿《すがた》から匂《にお》いまで、すっかり人間《にんげん》なんですから、ばれる心配《しんぱい》はありません。

「そいつ、人間《にんげん》じゃなくて、きっと山姥《やまんば》よ」

必死《ひっし》に服《ふく》についたどろをはたいているオバケさんに向《む》かって、タヌダちゃんはそう言《い》いましたが、「しぃっ！」と黙《だま》らされ、仕方《しかた》なく、食堂《しょくどう》の方《ほう》へスゴスゴとかくれにいきました。シフォンくんは屋根裏《やねうら》のベッドルームへ、フワフワと飛《と》んでいきます。しゃもじいさんは、どこへともなく、パッと姿《すがた》を消《け》してしまいました。

静《しず》まる家《いえ》の中《なか》を見回《みまわ》し、大《おお》きく一《ひと》つ深呼吸《しんこきゅう》をして、それからやっと、オバケさんは玄関《げんかん》のドアを押《お》し開《あ》けました。

「どうも、お待《ま》たせしちゃって、すみません。ちょっと、手《て》が離《はな》せなかったもんで……」

ドアを開《あ》けたとたん、目《め》の前《まえ》がパッと明《あか》るくなった気《き》がしました。西《にし》の谷《たに》の娘《むすめ》さんがアップリケのついたタンポポ色《いろ》のワンピースを着《き》ていたからです。

「こんにちは」と娘《むすめ》さんが言《い》ったので、オバケさんもあわてて「こんにちは」と挨拶《あいさつ》を返《かえ》しました。挨拶《あいさつ》を返《かえ》しながらオバケさんは、自分《じぶん》がまだ、この人の名前《なまえ》を聞《き》いていなかったことに気《き》がつきました。

夕《ゆう》べは、この人《ひと》の家《いえ》の、土間《どま》になった玄関先《げんかんさき》で魔除茶《まよけちゃ》を一杯《いっぱい》ごちそうになり、そのまま大急《おおいそ》ぎで、お礼《れい》もそこそこに帰《かえ》ってきてしまったのです。

「ええと……」

オバケさんが口《くち》を開《ひら》きかけた時《とき》、タンポポワンピースの娘《むすめ》さんが先《さき》に質問《しつもん》しました。

「ねぇ、どうして、玄関《げんかん》のまん前《まえ》に大《おお》きな穴《あな》が掘《ほ》ってあるの？」

「ええと、それは、実《じつ》は、つまり、根性悪《こんじょうわる》のキツネが、ぼくを落《お》っことすために掘《ほ》った落《お》とし穴《あな》なんですけどね……」

「まぁ！」

娘《むすめ》さんは目《め》を丸《まる》くしてオバケさんを見《み》つめました。

「夕《ゆう》べは道《みち》に迷《まよ》わされて、今度《こんど》は落《お》とし穴《あな》。あなた、よっぽどキツネにうらまれているのね！」

「うらまれてるなんて、とんでもない！」

オバケさんは、ベレー帽《ぼう》をかぶった頭《あたま》を、ブンブンと横《よこ》に振《ふ》りました。

「あいつが勝手《かって》に、術《じゅつ》くらべだなんて言《い》って、ぼくにつまらないことをしかけてくるんですよ。ぼくは、化《ば》けギツネの挑戦《ちょうせん》なんて受《う》ける気《き》はないのに……」

「化《ば》けギツネ？　術《じゅつ》くらべ？」

娘《むすめ》さんはちょっと首《くび》をかしげ、怪《あや》しむようにまじまじとオバケさんの顔《かお》を見《み》つめました。

「化《ば》けギツネから術《じゅつ》くらべの挑戦《ちょうせん》を受《う》けるだなんて、もしかして、あなたもオバケってことかしら？　このスギナ屋敷《やしき》ってたしか、町《まち》の人《ひと》たちのうわさじゃ、オバケ屋敷《やしき》だって言《い》われてた気《き》がするけど」

オバケさんはもう一度《いちど》、頭《あたま》をブンブンブンと三回横《さんかいよこ》に振《ふ》りました。

「まさか！　ぼくはオバケじゃありませんよ。申《もう》しおくれました。ぼくは料理研究家《りょうりけんきゅうか》の尾羽健一郎《おばけんいちろう》といいます。オバケンイチロウだから、ニックネームはオバケさん。でも、もちろんオバケじゃなくて、人間《にんげん》です」

「そう」

娘《むすめ》さんはうなずきましたが、まだどこか、オバケさんの言葉《ことば》を『本当《ほんとう》かしら？』と思《おも》っているように見《み》えました。

「私《わたし》は、山場早月《やまばさつき》。みんなは、私《わたし》のことを、やまんばさんって呼《よ》ぶけど、もちろん人間《にんげん》よ」

「やまんばさん！」

オバケさんも『この人《ひと》は本当《ほんとう》に人間《にんげん》かしら？』と思《おも》いながら、やまんばさんのことを見《み》ていました。

「あっ！　そうだ！」

急《きゅう》に思《おも》い出《だ》したように叫《さけ》んで、やまんばさんがポケットの中《なか》から何《なに》かを引《ひ》っぱり出《だ》しました。

「これ、あなたの忘《わす》れものじゃない？　うちの土間《どま》の床《ゆか》の上《うえ》に落《お》っこちてたのよ」

やまんばさんが差《さ》し出《だ》したのは、なんと、スギナ屋敷《やしき》の玄関《げんかん》の鍵《かぎ》でした。どうやら、ゆうべ、やまんばさんの家《いえ》から帰《かえ》る時《とき》、車《くるま》のキーといっしょにキーホルダーにくっついていたはずの玄関《げんかん》の鍵《かぎ》がホルダーからはずれて落《お》っこちてしまっていたようです。

「うひゃ！　しまった。ぜんぜん、気《き》づいてませんでした。ありがとうございます」

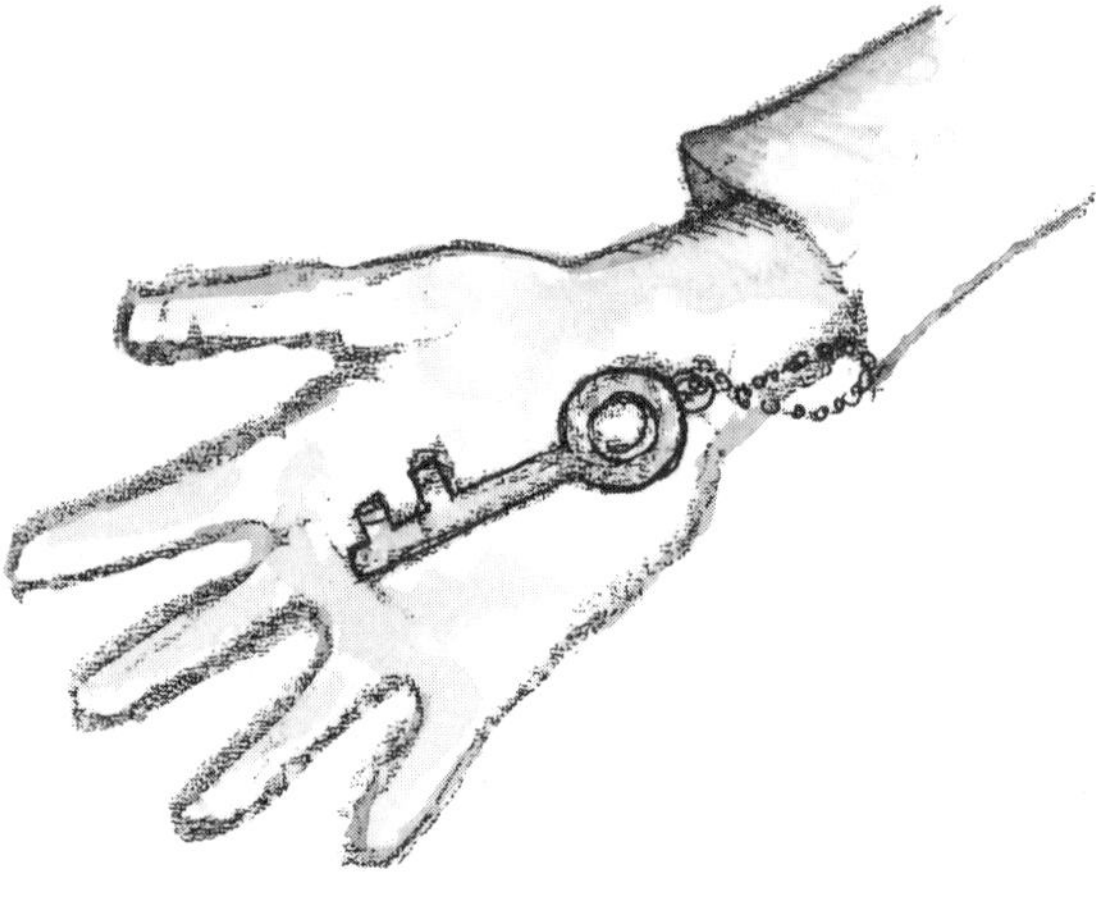

玄関《げんかん》の鍵《かぎ》を受《う》け取《と》りながら、オバケさんはやまんばさんにお礼《れい》を言《い》いました。

「いいえ、こっちこそ、ごめんなさい」と、やまんばさんが言《い》いました。

「本当《ほんとう》は、もっと早《はや》く届《とど》けてあげればよかったのに。実《じつ》は、私《わたし》もさっきみつけたところなの。でも……」

やまんばさんは不思議《ふしぎ》そうにオバケさんの顔《かお》を見《み》つめました。

「鍵《かぎ》がないのに、お家《うち》に入《はい》れたの？」

「ああ、それは大丈夫《だいじょうぶ》。ぼくは出《で》かける時《とき》、めったに、玄関《げんかん》に鍵《かぎ》をかけないんですよ」

――だって、オバケが留守番《るすばん》をしてくれてるから……という言葉《ことば》を、危《あぶ》ないところで飲《の》みこみ、オバケさんは「ウェッホン」と咳払《せきばら》いを一《ひと》つしました。そして、別《べつ》の言葉《ことば》をそのあとに続《つづ》けました。

「でも、とにかく、みつけてくださって本当《ほんとう》にありがとうございました。それに、わざわざ届《とど》けに来《き》てくださって。……あの、もし、よかったら、お茶《ちゃ》とケーキでも召《め》し上《あ》がっていきませんか？　つまり……、その……、夕《ゆう》べの魔除茶《まよけちゃ》と、それから鍵《かぎ》を届《とど》けて頂《いただ》いたお礼《れい》に……」

やまんばさんは、ちょっと小首《こくび》をかしげて、オバケさんの言葉《ことば》について考《かんが》えこみました。タンポポ色《いろ》のワンピースを着《き》て、バラ色《いろ》の頰《ほお》をしたやまんばさんは、お陽《ひ》さまの光《ひかり》の中《なか》に立《た》つひまわりの精《せい》のように見《み》えました。

やがて、やまんばさんはポニーテールの髪《かみ》をゆらして、ニコリとうなずきました。

「ありがと。実《じつ》は、長《なが》い山道《やまみち》をのぼってきてとっても喉《のど》がかわいてたのよ。お言葉《ことば》に甘《あま》えて、ぜひ、お茶《ちゃ》を一杯《いっぱい》いただくわ」

　こうして、やまんばさんは、スギナ屋敷《やしき》のリビングのソファーに腰《こし》を下《お》ろすことになりました。

　オバケさんは、屋敷《やしき》にかくれたオバケたちがおとなしくしていることにホッとしながら、まず、お客《きゃく》さまのために冷《つめ》たくてちょっぴり甘《あま》いミントウォーターを出《だ》しました。裏庭《うらにわ》で摘《つ》みたてのミントの葉《は》をたっぷり入《い》れた、さわやかな香《かお》りの飲《の》みものです。

「わぁ、おいしい！」

そう言《い》ってから、やまんばさんは、グラスのふちに飾《かざ》られたミントの葉《は》っぱをつまんで、パクリと口《くち》に放《ほう》りこみました。

「うーん。いい香《かお》り。このミント、お庭《にわ》でとれたの？」

「そうなんです。裏庭《うらにわ》には、ハーブをいろいろ植《う》えてるんですよ。料理《りょうり》をする時《とき》に便利《べんり》だから」

やまんばさんは熱心《ねっしん》に、ウン、ウンとうなずいて、しゃべり出《だ》しました。

「この山《やま》はね、不思議《ふしぎ》な山《やま》だって、おばあちゃんが言《い》ってたわ。すっごく土《つち》がいいんですって。だから、他《ほか》では育《そだ》たないような木《き》や草《くさ》が、この山《やま》ではスクスク育《そだ》つのよ。私《わたし》のおばあちゃん……っていうか、私《わたし》の祖先《そせん》は昔々《むかしむかし》から西《にし》の谷《たに》に住《す》んで、この山《やま》の草《くさ》や木《き》の実《み》から薬《くすり》を作《つく》って、いろんな人《ひと》の病気《びょうき》を治《なお》してきたんですって。私《わたし》のお父《とう》さんは、サラリーマンになって谷《たに》を離《はな》れちゃったんだけど、私《わたし》は一週間前《いっしゅうかんまえ》、西《にし》の谷《たに》に戻《もど》ってきたの。薬草摘《やくそうつ》みの仕事《しごと》をするためにね」

「へぇ」

オバケさんは感心《かんしん》してうなずきながら、やまんばさんのソファーの前《まえ》のテーブルに、濃《こ》くいれた熱《あつ》い紅茶《こうちゃ》と、フルーツケーキののっかったお皿《さら》を並《なら》べました。並《なら》べながら、オバケさんは心《こころ》の中《なか》で考《かんが》えていました。

『なるほど……、だから猫股《ねこまた》のおばあさんはこの家《いえ》でオバケ薬《ぐすり》の研究《けんきゅう》をしていたのかもしれないぞ。この山《やま》に生《は》える、いろいろな珍《めずら》しい薬草《やくそう》を使《つか》って……』

まるで、そのオバケさんの心《こころ》の中《なか》のつぶやきが聞《き》こえたみたいに、やまんばさんが言《い》いました。

「そういえば、このスギナ屋敷《やしき》にも、昔《むかし》、薬草《やくそう》にくわしいおばあさんが住《す》んでたって聞《き》いたことがあるけど、オバケさんは、そのおばあさんのご親戚《しんせき》なの？」

猫股《ねこまた》のおばあさんの親戚《しんせき》か、などと言《い》われてあわてたオバケさんは、ベレー帽《ぼう》がふっとびそうなぐらい強《つよ》くきっぱりと首《くび》を横《よこ》に振《ふ》りました。

「いいえ、ぜんぜん、ちっとも、親戚《しんせき》じゃありませんよ。そのおばあさんとはぼく、会《あ》ったこともないんです」

「そっかぁ、残念《ざんねん》……」

やまんばさんは、紅茶《こうちゃ》をティーカップから一口《ひとくち》すすり、がっかりしたように言《い》いました。

「もし、オバケさんが薬草《やくそう》に詳《くわ》しいんなら、いろいろ教《おし》えてもらおうと思《おも》ったのに……。あたし、まだ、かけだしの薬師《くすし》だから」

その言葉《ことば》に、自分《じぶん》まで残念《ざんねん》な気持《きも》ちになりながら、オバケさんも紅茶《こうちゃ》を一口《ひとくち》すすりました。

「すみませんね。薬草《やくそう》のことなんて、ぜんぜんわからなくって……。ぼくが、わかるのは、どのハーブが、どんなお料理《りょうり》にぴったりか、っていうことぐらいです」

「おいしいお料理《りょうり》を作《つく》れるっていうのは、すごく大切《たいせつ》なことだと思《おも》うわ」

やまんばさんは、熱心《ねっしん》に言《い》いました。

「おばあちゃんが言《い》ってたもの。ひとを元気《げんき》にする一番《いちばん》のお薬《くすり》は、おいしいごちそうと、楽《たの》しいおしゃべりだって……」

そして、オバケさんお手製《てせい》のフルーツケーキを一口《ひとくち》ほおばると、やまんばさんは幸《しあわ》せそうに、にっこりと微笑《ほほえ》んだのです。

その笑顔《えがお》を見《み》ると、オバケさんまで、何《なん》だか幸《しあわ》せな気分《きぶん》になりました。

マツボックリを頭《あたま》にぶつけられたことも、落《お》とし穴《あな》に落《お》っこちたことも、スミ丸《まる》ギツネからの挑戦《ちょうせん》のことも、それから、今《いま》、家《いえ》の中《なか》にかくれているみんなのことも、しばし忘《わす》れて、オバケさんは、やまんばさんとお茶《ちゃ》を楽《たの》しみました。

でも、おだやかな時間《じかん》は長《なが》くは続《つづ》きませんでした。家《いえ》の裏手《うらて》の庭《にわ》の方《ほう》から、大声《おおごえ》でどなる、キィキィ声《ごえ》が聞《き》こえてきたからです。

「やい！　オバケ！　出《で》てきやがれ！　俺《おれ》さまの必殺技《ひっさつわざ》を見《み》せてやるぞ！」

オバケさんは、大《おお》きなため息《いき》をつきました。

「きっと、スミ丸《まる》ギツネだ……」

5　またまたスミ丸《まる》の術《じゅつ》

オバケさんは、やまんばさんをリビングに残《のこ》してひとり、勝手口《かってぐち》から裏庭《うらにわ》へ出《で》ていきました。もちろん、すごく用心《ようじん》して、まずはドアをほんのちょっと開《あ》けて、外《そと》の様子《ようす》をうかがい、ドアの上《うえ》にも周《まわ》りにも何《なに》もしかけられていないことを確《たし》かめ、こわごわ外《そと》に足《あし》を踏《ふ》み出《だ》したのです。

すると――。

何《なん》だか、グシャグシャして、ネバネバしたものが、いきなり、オバケさんの顔《かお》に襲《おそ》いかかってきました。

「うえほー！」

変《へん》な叫《さけ》び声《ごえ》をあげて、オバケさんが、顔《かお》にまとわりつくネバネバをひきはがしてみると、それは、実《じつ》に怪《あや》しいものでした。

ひとかかえもある、落《お》ち葉《ば》や小枝《こえだ》の束《たば》――。それを、どうやらクモの巣《す》で、ぐるぐる巻《ま》きにして、でっかいボールみたいに丸《まる》めてあるのです。

そのでっかいクモの巣《す》ボールが、オバケさんの顔《かお》にぶつかってきた、というわけです。

「何《なん》だ、これ？」

オバケさんが、ネバネバのクモの巣《す》ボールを気味悪《きみわる》そうにながめていると、また、あのキィキィ声《ごえ》が響《ひび》いてきました。

「やい！　まいったか！　必殺《ひっさつ》『クモの巣玉《すだま》』の術《じゅつ》だ！」

「また、きみか。もう、いいかげんにしてくれったら」

オバケさんはうんざりしながら声《こえ》の主《ぬし》をさがして裏庭《うらにわ》を見回《みまわ》しました。そ

して「あっ！」と叫《さけ》んだきり、驚《おどろ》きと怒《いか》りで髪《かみ》の毛《け》が逆立《さかだ》ちそうになりました。

オバケさんが大切《たいせつ》に育《そだ》ててきたハーブ園《えん》がめちゃくちゃに荒《あ》らされていました。きのうまで青々《あおあお》と茂《しげ》っていた様々《さまざま》な種類《しゅるい》の香《かお》りたかいハーブが、根《ね》っこから引《ひ》っこぬかれ、ちぎられ、踏《ふ》みしだかれて、ぐちゃぐちゃになっていたのです。

「わ、わ、わ、わ！」

オバケさんはショックのあまり、言《こと》

葉《ば》にならない奇声《きせい》を発《はっ》し、ぼうぜんと、荒《あ》れはてた庭《にわ》を見《み》つめていました。

その庭《にわ》のはずれに、ひょっこり顔《かお》をのぞかせたものがありました。

キツネです！　うす黒《ぐろ》い毛並《けな》みのキツネ！　あれは、スミ丸《まる》です！

スミ丸《まる》ギツネが、庭《にわ》の向《む》こうからキィキィ声《ごえ》でオバケさんに言《い》いました。

「見《み》たか！　見《み》たか！　『庭荒《にわあ》らし』の術《じゅつ》！」

「もう、許《ゆる》さないぞ！」

オバケさんは、めずらしく、カンカンに怒《おこ》っていました。緑色《みどりいろ》のベレー帽《ぼう》の上《うえ》から湯気《ゆげ》が出《で》るほど、カンカンでした。

「ぼくの大切《たいせつ》なハーブを！　せっかく大事《だいじ》に育《そだ》てたハーブを、こんなめちゃくちゃにするなんて！　いくらキツネでも、絶対《ぜったい》、許《ゆる》さないからな！」

オバケさんは、スミ丸《まる》ギツネをひっつかまえてやろうと、裏庭《うらにわ》に飛《と》び出《だ》しました。

めちゃくちゃになったハーブ園《えん》を踏《ふ》みこえ、ホップ、ステップ、ジャンプでオバケさんが、スミ丸《まる》ギツネに飛《と》びかかろうとしたその時《とき》です。

ジャンプしようと踏《ふ》み出《だ》した足《あし》の下《した》の地面《じめん》が、ボコッとぬけました。

「うわっ！」という叫《さけ》び声《ごえ》と共《とも》に、オバケさんの体《からだ》が穴《あな》の中《なか》にズボッと沈《しず》みこみました。

「ワーッ、ハッ、ハッ、ハッ！」

スミ丸《まる》ギツネのかん高《だか》い笑《わら》い声《ごえ》が、オバケさんの頭《あたま》の上《うえ》から降《ふ》ってきました。

「大《おお》ばかものめ！　また、ひっかかったな！」

オバケさんが見上《みあ》げると穴《あな》のふちからのぞくスミ丸《まる》ギツネの顔《かお》が見《み》え

ました。

そうです。また、オバケさんは、スミ丸《まる》ギツネの掘《ほ》った落《お》とし穴《あな》に落《お》っこちてしまったのです。

「これで、連続六《れんぞくろく》ポイント、俺《おれ》さまの勝《か》ちだ！　どうだ、まいったか？　この、へっぽこオバケめ！」

「こらあっ！」

オバケさんは、穴《あな》の底《そこ》でじたばたしながらスミ丸《まる》ギツネに向《む》かってどなりました。

「こんなことをして、ひどいじゃないか！　ひどすぎるぞ！　せっかく育《そだ》ったハーブを、引《ひ》っこぬくなんて、いたずらではすまされないぞ！　こんなこと、すぐ、やめるんだ！」

「やぁだね」と、スミ丸《まる》ギツネが答《こた》えました。

「戦《たたか》いは、まだ、これからだ！　かくごしろ、へっぽこオバケ」

そう言《い》って、スミ丸《まる》ギツネの姿《すがた》は見《み》えなくなってしまいました。

「もう、許《ゆる》さない！　絶対《ぜったい》、許《ゆる》さないぞ！」

オバケさんがカッカしながら、穴《あな》からぬけ出《だ》そうともがいていると、まただれかの顔《かお》がのぞきました。

やまんばさんです。

やまんばさんは、穴《あな》のふちからオバケさんの方《ほう》をのぞきおろして、

「おや、おや、おや、おや……」と言《い》いました。

そして、ひょいと手《て》をのばすと、穴《あな》の底《そこ》にすっぽりはまりこんでいるオバケさんの体《からだ》をいとも軽々《かるがる》と、地面《じめん》の上《うえ》に引《ひ》っぱり上《あ》げてくれたのです。

オバケさんは、肩《かた》でハァハァ息《いき》をつきながら、汗《あせ》をぬぐい、どろんこ

の服《ふく》をパタパタとはたき、やまんばさんにお礼《れい》を言《い》いました。

「ありがとう、引《ひ》っぱり上《あ》げてくれて」

「どういたしまして」と言《い》いながら、やまんばさんの目《め》は、めちゃくちゃになったハーブ園《えん》を見回《みまわ》しています。そして、やまんばさんは深刻《しんこく》な顔《かお》をして言《い》いました。

「この庭《にわ》を、めちゃくちゃにしたのも、あなたを落《お》とし穴《あな》に落《お》としたのも、また、キツネの仕業《しわざ》なの？」

オバケさんは、腹立《はらだ》たしげにうなずきます。

「そうなんですよ！　術《じゅつ》くらべなんて言《い》ってるけど、こんなのは技《わざ》でも術《じゅつ》でも何《なん》でもない！　ただのいやがらせじゃないか！　もう、絶対《ぜったい》に許《ゆる》さないぞ！」

オバケさんは、やまんばさんと話《はな》していることも忘《わす》れて、思《おも》わずスミ丸《まる》ギツネへの文句《もんく》をぶちまけてしまいました。

「そうよ、そうよ！」と、やまんばさんが力強《ちからづよ》くうなずいたのでオバケさんは、びっくりしました。

「こんなこと、許《ゆる》すわけにはいかないわよ！　せっかく育《そだ》った草《くさ》たちを、引《ひ》っこぬいたり、ちぎったり。そんなことするやつは、ぎゃふんと言《い》わせて、おしおきをしなくっちゃ」

「でも……どうやって？」

オバケさんは、おずおずと質問《しつもん》しました。

『絶対許《ぜったいゆる》さない！』なんて言《い》っていたくせに、実《じつ》はオバケさんは、どうやってスミ丸《まる》ギツネをこらしめればいいのか、何《なに》も方法《ほうほう》を考《かんが》えついていなかったのです。

「いい考《かんが》えがあるわ」

やまんばさんは、頼《たの》もしい様子《ようす》でそう言《い》いました。

「いい考《かんが》えって？」

オバケさんは、ごくりと息《いき》を飲《の》みこみ、やまんばさんの答《こた》えを待《ま》ち受《う》けました。

やまんばさんは、すばやくあたりをうかがい、だれにも聞《き》こえないように、オバケさんの耳元《みみもと》にそっと口《くち》を寄《よ》せました。

そして、とびきりのヒソヒソ声《ごえ》でささやいたのです。

「あなたが、キツネを化《ば》かしてやるのよ。キツネが、かなわないって思《おも》って降参《こうさん》するぐらい、おもいっきり上手《じょうず》に化《ば》けて、びっくりさせてやればいいのよ」

「へ？」

オバケさんは、ぽかんとして、びっくりして、やまんばさんを見《み》つめました。

「……あの、しかし、でも、ぼくは、化《ば》けられないんですよ。だって、ぼくは、オバケじゃないんだから……」

「ふ、ふ、ふ」

小《ちい》さな声《こえ》をたてて、やまんばさんは楽《たの》しそうに笑《わら》いました。

「あたしに、まかせといて」

6 やまんばさんの作戦《さくせん》

やまんばさんは、自転車《じてんしゃ》にまたがり、すばらしいスピードで山《やま》を下《くだ》って、家《いえ》へと帰《かえ》っていきました。

「渡《わた》したいものがあるから、夕方《ゆうがた》、あたしの家《いえ》まで取《と》りに来《き》てね」と、オバケさんに言《い》い残《のこ》して――。

やまんばさんが帰《かえ》ると、かくれていたオバケたちが出《で》てきました。

長《なが》い時間《じかん》、流《なが》しの下《した》の棚《たな》の奥《おく》で息《いき》をひそめていたタヌダちゃんは、プンプン怒《おこ》っています。

「ゆっくり、お茶《ちゃ》なんか飲《の》んじゃって。かくれてる方《ほう》の身《み》にもなってほしいわよね」

「ぼくも、ケーキちょうだい。フルーツケーキに、バニラアイスものっけて」

シフォンくんは、リビングテーブルの上《うえ》にのっかったケーキ皿《ざら》をめざとくみつけて言《い》いました。

「若《わか》、またいちだんとどろだらけですな。先《さき》ほど、裏庭《うらにわ》の方《ほう》で、変《へん》てこな悲鳴《ひめい》をあげていたのは、若《わか》ですかな？　まさか、また、スミ丸《まる》めの術《じゅつ》にひっかかったのではありますまいな？」

責《せ》めるような目《め》のしゃもじいさんに、オバケさんは、ムッとして言《い》い返《かえ》しました。

「ひっかかったよ、ひっかかったよ。まんまと、また落《お》とし穴《あな》に落《お》っこちたよ。おまけに、クモの巣玉《すだま》はぶつけられるは、ハーブ畑《ばたけ》はめちゃくちゃにされるは……。でも、あんなの術《じゅつ》なもんか。あれは、ただのいやがらせだ」

「そうなのよ、そうなのよ」と、タヌダちゃんがうなずきます。

「スミ丸《まる》ときたら、必殺技《ひっさつわざ》とか、とっておきの術《じゅつ》なんて言《い》ってるけど、やってることは、つまらないいやがらせばっかなのよ。でも、その手《て》に何回《なんかい》もひっかかるっていうのも、まぬけな話《はなし》だけど……」

「まぬけで悪《わる》かったね」

オバケさんは、ますますムッとして、タヌダちゃんを、ジロリとにらみました。

しゃもじいさんがため息《いき》をもらします。

「やれやれ、このままでは、スミ丸《まる》との勝負《しょうぶ》に負《ま》けてしまいますぞ」

「だからさ、ぼくはべつに、キツネと勝負《しょうぶ》なんてしてないんだってば」

オバケさんはそう言《い》い返《かえ》しましたが、やまんばさんが言《い》っていた『スミ丸《まる》を降参《こうさん》させる作戦《さくせん》』のことは黙《だま》っておきました。だってまだオバケさんも、その作戦《さくせん》がどういう作戦《さくせん》なのか教《おし》えてもらっていませんでしたからね。

タヌダちゃんは、さっきまでやまんばさんが座《すわ》っていたソファーの匂《にお》いをかいで、しきりに鼻《はな》をひくつかせています。

「この匂《にお》い。人間《にんげん》っぽくないいんだけどなぁ。薬草《やくそう》の匂《にお》いとまじっちゃって、よくわかんないけど、これって、やっぱ、人間《にんげん》っていうより、山姥《やまんば》の匂《にお》いなんだけどなぁ……」

シフォンくんが、ふわりと飛《と》んできて、べちゃりとオバケさんの頭《あたま》の上《うえ》にのっかりました。

「ねぇ、ケーキちょうだい！　アイスクリームのっけたケーキ」

「頭《あたま》にのっかるのはやめなさい」

オバケさんが注意《ちゅうい》してても、シフォンくんは頭《あたま》の上《うえ》から降《お》りようとしません。仕方《しかた》なくオバケさんは、シフォンくんのために、アイスクリームぞえのフルーツケーキを用意《ようい》しようとキッチンに入《はい》っていきました。

その日《ひ》、夕方《ゆうがた》まで、オバケさんは大忙《おおいそが》しでした。根《ね》っこからぬかれたハーブを、もう一度《いちど》ていねいに植《う》え直《なお》し、水《みず》をやって畑《はたけ》を整《ととの》えました。くきの途中《とちゅう》で、もげてしまったり、折《お》れてしまったハーブは、かわかして保存《ほぞん》するために、選《え》りわけて、ひとまとめにしました。玄関《げんかん》の前《まえ》と、畑《はたけ》の真《ま》ん中《なか》にあいた大《おお》きな落《お》とし穴《あな》を元《もと》どおりにうめもどし、地面《じめん》をよく足《あし》で踏《ふ》んで固《かた》め……。

もちろん、みんなのためのお昼《ひる》ご飯《はん》と、夕食《ゆうしょく》の用意《ようい》もしましたよ。

その日《ひ》のお昼《ひる》ご飯《はん》は具《ぐ》だくさんのヤキソバ。

そして夕《ゆう》ご飯《はん》は、春野菜《はるやさい》たっぷりのスープと、白身魚《しろみざかな》のフリッターにハーブを使《つか》ったサラダです。

夕飯《ゆうはん》の下準備《したじゅんび》を整《ととの》えたオバケさんは、黄色《きいろ》いバンで、やまんばさんの家《いえ》に出《で》かけることにしました。やまんばさんが言《い》っていた「渡《わた》したいもの」を受《う》け取《と》りに行《い》くためです。手土産《てみやげ》がわりに揚《あ》げたてのフリッターを十個《じっこ》ばかりパックに詰《つ》めると、オバケさんはオバケたちに声《こえ》をかけました。

「ちょっと、出《で》かけてくる。すぐに、戻《もど》るよ」

そしてバンに乗《の》りこむと、西《にし》の谷《たに》に向《む》かったのです。

車《くるま》を走《はし》らせれば東《ひがし》の林《はやし》から西《にし》の谷《たに》までは、あっという間《ま》です。つまり、オバケさんとやまんばさんは、ご近所《きんじょ》さんと言《い》ってもいいでしょう。

やっぱり、人間《にんげん》のご近所《きんじょ》さんとおつき合《あ》いできるのはいいものだな……なんて思《おも》いながらオバケさんは、山《やま》のくねくね道《みち》を車《くるま》で下《くだ》っていきました。

まだ夕暮《ゆうぐ》れまでは間《ま》があるので、雑木林《ぞうきばやし》の中《なか》には金色《きんいろ》の太陽《たいよう》の光《ひかり》があふれています。それでも木々《きぎ》の影《かげ》は真昼《まひる》よりも濃《こ》く長《なが》くなり、少《すこ》しずつ夜《よる》が近《ちか》づいていることがわかりました。

どうやらスミ丸《まる》ギツネは、連続《れんぞく》してオバケさんをひっかけたことに満《まん》足《ぞく》したのか、今回《こんかい》は、オバケさんの車《くるま》を道《みち》に迷《まよ》わせるようなことはあり

ませんでした。だから、オバケさんは、とってもスムーズにドライブを終《お》え、夕《ゆう》べ、魔除《まよ》けのお茶《ちゃ》をごちそうになったやまんばさんの家《いえ》の前《まえ》に到着《とうちゃく》したのです。

こうして、日《ひ》の光《ひかり》の中《なか》で見《み》るやまんばさんの家《いえ》は、昔話《むかしばなし》の中《なか》に出《で》てきそうな様子《ようす》をしていました。瓦《かわら》ぶきの深《ふか》い屋根《やね》をかぶり、低《ひく》い軒《のき》の下《した》からは、こっちをのぞくような格子窓《こうしまど》と、ぽっかり開《あ》いた土間《どま》への出入口《でいりぐち》が見《み》えています。

「こんにちは」と言《い》って、オバケさんが入口《いりぐち》から中《なか》をのぞくと、うす暗《ぐら》い土間《どま》の太《ふと》いはりにぶらさがる薬草《やくそう》のカーテンの向《む》こうから、

「はぁい」と、やまんばさんの声《こえ》が答《こた》えました。

「オバケです」と名乗《なの》ってから、オバケさんは、あわてて言《い》い直《なお》します。

「……いや、そうじゃなくて、オバケンイチロウです」

でも土間《どま》に出《で》てきたやまんばさんは、言《い》い直《なお》したかいもなく、オバケさんを見《み》て言《い》いました。

「オバケさん！　ちょうど、よかったわ。今《いま》、完成《かんせい》したところよ！」

「えっと、何《なに》が……ですか？」

ポカンとしているオバケさんの腕《うで》の中《なか》に、やまんばさんは、何《なに》やらごわごわとした大《おお》きなかたまりを、土間《どま》のすみの棚《たな》の上《うえ》から持《も》ち上《あ》げて、どさりとのっけたのです。

「えっと……、これは、何《なん》です？」

「これはね……」

やまんばさんは、目《め》をくるりとまわし、秘密《ひみつ》めいた様子《ようす》で、オバケさんに説明《せつめい》しはじめました。

スミ丸《まる》ギツネをぎゃふんと言《い》わせて、降参《こうさん》させるための作戦《さくせん》と、その作戦《さくせん》のために、やまんばさんが何《なに》を用意《ようい》したのかと、それをどうやって使《つか》えばいいのかを――。

オバケさんは、やまんばさんの話《はなし》を、「そうか！」とか「なるほど！」とか「すごいぞ！」とうなずいて聞《き》いていましたが、説明《せつめい》がすっかり終《お》わると、もう一《ひと》つ大《おお》きくうなずいて言《い》ったのです。

「きっと、うまくいくぞ！　やまんばさん、ありがとう！」

「どういたしまして。でも、どうなったかは、ちゃんと教《おし》えてね。作戦《さくせん》の成功《せいこう》を祈《いの》ってるわ！」

やまんばさんは、勇《いさ》ましい調子《ちょうし》でそう言《い》いました。

オバケさんは、やまんばさんから受《う》け取《と》った品物《しなもの》を車《くるま》に積《つ》みこみ、かわりにお土産《みやげ》のフリッターをやまんばさんに渡《わた》しました。

「うわぁ！　すっごく、おいしそう！」

できたてのフリッターを見《み》たやまんばさんは、うっとりしたようにペロリと舌《した》なめずりをしています。

こうしてオバケさんは、西《にし》の谷《たに》に別《わか》れを告《つ》げ、黄色《きいろ》いバンでまたガタゴトと山道《やまみち》を帰《かえ》っていきました。

さぁ、いよいよ、オバケさんの反撃《はんげき》です。作戦決行《さくせんけっこう》は、今夜《こんや》。オバケさんとスミ丸《まる》ギツネの勝負《しょうぶ》は、どうなるのでしょう？

7　作戦決行《さくせんけっこう》

その日《ひ》の夜《よる》のことでした。日《ひ》はとっぷりと暮《く》れ、テンテル山《やま》をしっとりとした夜《よる》の闇《やみ》がつつんでいます。

スギナ屋敷《やしき》にも、もう明《あか》りが灯《とも》り、開《あ》け放《はな》った食堂《しょくどう》の窓《まど》からは、おいしい夕《ゆう》ご飯《はん》の匂《にお》いと、テーブルを囲《かこ》む人《ひと》びと……いいえ、オバケたちの楽《たの》しそうなおしゃべりの声《こえ》があふれています。

そこへ、黒々《くろぐろ》とした闇《やみ》にまぎれて、こっそり、スギナ屋敷《やしき》に近《ちか》づいてくるものがありました。

ピンと立《た》った三角耳《さんかくみみ》、とがった鼻《はな》、闇《やみ》に光《ひか》る目《め》、太《ふと》いしっぽ……。スミ丸《まる》ギツネです！

スミ丸《まる》ギツネは、外《そと》までただよってくるごちそうの匂《にお》いにしきりに鼻《はな》をひくつかせていましたが、そのうち、そうっと窓《まど》の下《した》に近《ちか》づいてぴたりと耳《みみ》を伏《ふ》せ、ヒゲをピピンと立《た》てて、みつからないように家《いえ》の中《なか》の様子《ようす》をうかがいはじめました。

その窓《まど》からは、食堂《しょくどう》のテーブルの様子《ようす》がよく見《み》えました。テーブルの上《うえ》に並《なら》んだ、フリッターとサラダの大皿《おおざら》。ほかほ

かと湯気《ゆげ》をたてているスープ皿《ざら》。窓《まど》に背《せ》を向《む》けて座《すわ》るオバケさんの右横《みぎよこ》にはシフォンくん、左横《ひだりよこ》にはタヌダちゃんが座《すわ》っています。向《む》かい側《がわ》の席《せき》のしゃもじいさんが、ちょうど今《いま》、みんなのグラスの中《なか》に、よく冷《ひ》えた白《しろ》ワインを注《そそ》ごうとしているところでした。

スミ丸《まる》ギツネは、屋敷《やしき》の中《なか》のみんなが食事《しょくじ》に夢中《むちゅう》で、だれひとり表《おもて》の気配《けはい》に気《き》づいていないことを確《たし》かめると今度《こんど》は、何《なに》をしでかしてやろうか？　というように家《いえ》の周《まわ》りをゆっくりとしのび足《あし》で歩《ある》きはじめました。

裏庭《うらにわ》までやってきた時《とき》、スミ丸《まる》ギツネは、整《ととの》えられているハーブ畑《ばたけ》を見《み》て、小《ちい》さく「チェッ」と舌打《したう》ちをしました。

「ちくしょう、せっかく、めちゃくちゃにしたのに、また元《もと》どおりになってるぜ」

スミ丸《まる》は裏庭《うらにわ》の入口《いりぐち》で、ブツブツとひとりごとを言《い》います。

「しかし、俺《おれ》さまを甘《あま》くみるなよ。何度《なんど》、元《もと》どおりにしたって、また庭《にわ》荒《あ》らしの術《じゅつ》で、とことんめちゃくちゃにしてやる。そうだ！　ついでに、もう一《いっ》ぺん、落《お》とし穴《あな》も掘《ほ》ってやろう。何度《なんど》も同《おな》じ術《じゅつ》を使《つか》うのは芸《げい》がないが、でも、あのへっぽこオバケは、まぬけなやつだからな。きっと今《こん》度《ど》もまた、落《お》とし穴《あな》にひっかかるにちがいないぞ」

ひとりで……いえ一《いっ》ぴきで、ニンマリと笑《わら》ったスミ丸《まる》ギツネが、さっそくまたハーブを引《ひ》っこぬきにかかろうとしたその時《とき》です。

「こら、スミ丸《まる》ギツネ」

低《ひく》い声《こえ》がハーブ畑《ばたけ》の中《なか》から響《ひび》いてきました。

スミ丸《まる》は、ギクリと耳《みみ》を立《た》てて固《かた》まります。しかし、もう声《こえ》は聞《き》こえません。

「なんだい、空耳《そらみみ》かぁ」

ぶつくさ言《い》って、また畑《はたけ》のハーブをぬこうとすると……。

「こら、こら、スミ丸《まる》」

また、低《ひく》い声《こえ》が地面《じめん》の下《した》の方《ほう》から聞《き》こえてきました。

「だれだ？　俺《おれ》さまのじゃまをするのは」

スミ丸《まる》は、闇《やみ》に光《ひか》る目《め》でゆだんなくあたりをうかがいながら、そう問《と》いかけました。

「わしは、ハーブの精《せい》である」

地面《じめん》の下《した》、畑《はたけ》のハーブの根元《ねもと》のあたりからあの低《ひく》い声《こえ》が答《こた》えました。

「よくも、わしのかわいいハーブたちを引《ひ》っこぬいてくれたな。おかえしに、わしが、おまえの、そのしっぽを、引《ひ》っこぬいてやるぞぉ」

ザワザワと畑《はたけ》のハーブがゆれました。そして、その草《くさ》のかげから、何《なに》やら大《おお》きな、緑色《みどりいろ》のかたまりが、むくむくむくと頭《あたま》をもたげたのです。

「スゥミぃまぁるぅぅぅぅ……」
ああ、そいつは、なんて恐《おそ》ろしい姿《すがた》をしていたことでしょう。頭《あたま》には、二《ふた》つの穴《あな》のような目《め》がぽっかり開《あ》いて、スミ丸《まる》のことをにらんでいます。鼻《はな》も口《くち》もありません。足《あし》もありません。足《あし》のかわりにそいつは、ナメクジみたいにベロベロした体《からだ》を引《ひ》きずって歩《ある》いていました。足《あし》はないのに、二本《にほん》の腕《うで》は体《からだ》の前《まえ》に長《なが》くのびています。その腕《うで》をぶらぶらとゆらし、体《からだ》を引《ひ》き

ずりながら、そいつがスミ丸《まる》の方《ほう》に近《ちか》づいてきます。そいつの体《からだ》のあちこちには、パセリやローレルやローズマリーや……ありとあらゆるハーブが、ニョキニョキと生《は》え出《だ》しているのが見《み》えました。

「スぅミぃまぁるぅ……。よくも、わしのハーブたちを、引《ひ》っこぬいたなぁぁぁ。さぁ、今度《こんど》は、わしの番《ばん》だぁ……。おまえの、しっぽを、よこせぇぇぇ」

「キャッ！」

スミ丸《まる》は、ぴょんと飛《と》び上《あ》がって叫《さけ》びました。そして、雑木林《ぞうきばやし》の方《ほう》に向《む》かって、一目散《いちもくさん》に逃《に》げ出《だ》したのです。

ホップ、ステップ、ジャンプで、スミ丸《まる》はハーブ畑《ばたけ》から飛《と》び出《だ》そうとしました。しかし、ジャンプしようと地面《じめん》をけった、その時《とき》です。スミ丸《まる》の足《あし》の下《した》の地面《じめん》が、ぽこりとぬけてしまったではありませんか。スミ丸《まる》は、足元《あしもと》に口《くち》を開《あ》けた落《お》とし穴《あな》の中《なか》に、ズボンとはまりこみました。

穴《あな》の縁《ふち》から、緑色《みどりいろ》のハーブの精《せい》の顔《かお》がのぞきました。

「うわ！　たぁすけてぇ！　おたすけぇ！」

スミ丸《まる》は、穴《あな》からぬけ出《だ》そうとジタバタもがきながら、キィキィ声《ごえ》で叫《さけ》びました。

「スゥミぃまぁるぅー。もう、悪《わる》いことは、しないかぁ？」

ハーブの精《せい》が、恐《おそ》ろしい声《こえ》で言《い》いました。

「もう二度《にど》と、オバケさんに、いやがらせはしないかぁ？　術《じゅつ》くらべは、やめるとちかうかぁ？　ちかわないのなら、今《いま》すぐ、そのしっぽを引《ひ》っこぬくぞぉぉぉ」

「ち、ち、ち、ちかいます！　ちかいます！」

スミ丸《まる》が叫《さけ》ぶように答《こた》えました。

「もう、しません！　術《じゅつ》くらべは、もうやめます！　降参《こうさん》します！　俺《おれ》さまの負《ま》けです！　だから、どうぞ、しっぽだけは、ごかんべん！」

ハーブの精《せい》の長《なが》い腕《うで》が、穴《あな》の中《なか》にのびてきました。スミ丸《まる》が、恐《おそ》ろしさにブルブル震《ふる》えながら、ギュッと目《め》を閉《と》じると――。

体《からだ》がふわりと持《も》ち上《あ》がりました。ハーブの精《せい》が、スミ丸《まる》を穴《あな》から引《ひ》っぱり出《だ》してくれたのです。

「おた、おた、おた、おたすけー！」

穴《あな》から出《で》たスミ丸《まる》は、そう叫《さけ》ぶと、後《うし》ろも見《み》ずに林《はやし》の中《なか》へ逃《に》げていってしまいました。

「ああ、暑《あつ》かったぁ……」

スミ丸《まる》ギツネが逃《に》げ去《さ》ると、ハーブの精《せい》は、そうため息《いき》をつきました。そして、二本《にほん》の腕《うで》を持《も》ち上《あ》げ、かぶったフードでもぬぐように、自分《じぶん》の頭《あたま》をパカリとはずしたではありませんか。中《なか》から出《で》てきたのは、オバケさんです。オバケさんは、やまんばさんお手製《てせい》のぶ厚《あつ》い緑色《みどりいろ》の布《ぬの》ででき

たハーブの精《せい》の着《き》ぐるみの中《なか》で、大汗《おおあせ》をかいていました。

「若《わか》、おみごとでございます」

いつの間《ま》にか、勝手口《かってぐち》が開《あ》いて、ドアのかげから、みんなが顔《かお》をのぞかせていました。

しゃもじいさんは、作戦《さくせん》の成功《せいこう》にニコニコしながらオバケさんを見《み》ています。

「やったね！　スミ丸《まる》ギツネをやっつけた！」

シフォンくんが勝手口《かってぐち》からフワンと飛《と》んで出《で》てきて、オバケさんの頭《あたま》の上《うえ》で言《い》いました。

「うわぁ。なんだか、すごい匂《にお》い！　これじゃあスミ丸《まる》も、ハーブの精《せい》の中味《なかみ》がオバケさんだなんてわからないはずだわ」

タヌダちゃんは、鼻《はな》をくんくんいわせながら、しかめっ面《つら》をしています。

オバケさんは、しゃもじいさんに、着《き》ぐるみの背中《せなか》のチャックを開《あ》けてもらって、ハーブの精《せい》の中《なか》からぬけ出《だ》しながら説明《せつめい》しました。

「それも、やまんばさんの作戦《さくせん》だったんだよ。やまんばさんは、この着《き》ぐるみの生地《きじ》に、スミ丸《まる》の鼻《はな》がきかなくなるような薬草《やくそう》の匂《にお》いをたっぷりしみこませておいてくれたんだ。おかげで、正体《しょうたい》がばれなかったっていうわけさ」

「いや、まったく、みごとな化《ば》けっぷりでございました」と、しゃもじいさん。

「さすが、オバケさん」と、タヌダちゃん。

「いや、化《ば》けたっていうか、変装《へんそう》しただけだけどね……」

オバケさんは、そう訂正《ていせい》しましたが、みんなは聞《き》いていないようでした。

「にせもののオバケさんも、よくできてたよね。スミ丸《まる》のやつ、本物《ほんもの》のオバケさんがテーブルの席《せき》についてるって思《おも》ってたもん」

シフォンくんの言葉《ことば》にオバケさんは、うなずきました。そうなのです。やまんばさんが作《つく》ってくれたのは、ハーブの精《せい》の着《き》ぐるみだけではありませんでした。もう一《ひと》つ、オバケさんそっくりの人形《にんぎょう》もこしらえておいてくれたのです。その人形《にんぎょう》に、オバケさんの服《ふく》を着《き》せて、ベレー帽《ぼう》をかぶせ、食堂《しょくどう》の席《せき》に座《すわ》らせるというのもやまんばさんの考《かんが》えでした。そうすれば、スミ丸《まる》がゆだんするだろうと、やまんばさんは考《かんが》えたのです。そして、その読《よ》みどおり、まんまと作戦《さくせん》にひっかかったスミ丸《まる》は、まさか、着《き》ぐるみを着《き》たオバケさんがハーブ畑《ばたけ》で自分《じぶん》を待《ま》ち受《う》けているなんて思《おも》いもせずに、ワナにはまってしまったというわけです。

タヌダちゃんは、まだ鼻《はな》をひくつかせながら考《かんが》えこんでいます。

「やっぱり、その、西《にし》の谷《たに》の女《おんな》の子《こ》は、山姥《やまんば》なんじゃない？　だって、今夜《こんや》必《かなら》ずスミ丸《まる》がまた、いたずらをしかけにやってくるって予言《よげん》したんでしょ？　薬草《やくそう》の知恵《ちえ》といい、かんの鋭《するど》さといい、人間《にんげん》ばなれしてるって思《おも》わない？」

「まさか……。やまんばさんは人間《にんげん》だよ」

オバケさんは、そう言《い》って笑《わら》いましたが、実《じつ》は、オバケさんの心《こころ》の中《なか》にも、ちょっぴりひっかかっていることはありました。

落《お》とし穴《あな》からオバケさんを軽々《かるがる》と引《ひ》っぱり上《あ》げてくれた時《とき》の、力《ちから》の強《つよ》さ、白身魚《しろみざかな》のフリッターを見《み》た時《とき》の、ペロリと舌《した》なめずりする様子《ようす》――。

『いや、いや、いや、そんなことあるはずない』

オバケさんは、心《こころ》の中《なか》でタヌダちゃんの言葉《ことば》を力《ちから》いっぱい打《う》ち消《け》しました。

「ねえ、早《はや》く、ご飯《はん》食《た》べちゃおうよ。今夜《こんや》のデザートは、何《なに》？　ぼく、プリンがいいなぁ。生《なま》クリームとサクランボのっけたやつ」

シフォンくんがまた、オバケさんの頭《あたま》の上《うえ》にぺちゃりとひっついて言《い》い出《だ》しました。

「頭《あたま》にのっちゃダメだってば」

オバケさんは文句《もんく》を言《い》いながら、遅《おそ》めのご飯《はん》を食《た》べるために、家《いえ》の中《なか》へ入《はい》っていったのでした。

こうして、やっと、スミ丸《まる》ギツネとオバケさんの術《じゅつ》くらべには決着《けっちゃく》がつきました。

次《つぎ》の日《ひ》オバケさんは、やまんばさんへのお礼《れい》と報告《ほうこく》のために、とびきり大《おお》きなシフォンケーキを焼《や》いて西《にし》の谷《たに》まで出《で》かけていきました。やまんばさんは作戦《さくせん》の成功《せいこう》を喜《よろこ》び、そして、ひとかかえもある巨大《きょだい》なシフォンケーキを見《み》て「わぁ！　おいしそう」と、舌《した》なめずりをしたのです。

スミ丸《まる》ギツネは約束《やくそく》どおり、それっきりオバケさんに、いたずらやいやがらせをしかけてこなくなりました。

ただ一《ひと》つだけ、困《こま》ったことがありました。あの夜《よる》から何日《なんにち》かたったある日《ひ》、キツネのスミ丸《まる》が突然《とつぜん》、スギナ屋敷《やしき》を訪《たず》ねてきたのです。

インターホンのチャイムの音《おと》に、オバケさんが玄関《げんかん》に出《で》ていってみると、ドアの外《そと》にはしんみょうな顔《かお》をしたスミ丸《まる》が、ちょこんと座《すわ》って、オバケさんのことを見《み》ていました。

いきなり、スミ丸《まる》は、伏《ふ》せの姿勢《しせい》になって頭《あたま》を下《さ》げ、オバケさんに言《い》いました。

「弟子《でし》にしてください！」

「え？　は？　ほ？」

オバケさんは、びっくりぎょうてんして玄関《げんかん》にはいつくばるキツネを見下《みお》ろしていました。

スミ丸《まる》は、キィキィ声《ごえ》で必死《ひっし》に言《い》いました。

「タヌキのタヌダから、すべて聞《き》きました！　あのハーブの精《せい》は、オバケさんの化《ば》けた姿《すがた》だったのだと！　そして、食堂《しょくどう》の椅子《いす》に座《すわ》っていたもうひとりのオバケさんは、オバケさんの分身《ぶんしん》の術《じゅつ》だったのだと！」

「いや、ちがう。そうじゃなくて……」

説明《せつめい》しようとするオバケさんの言葉《ことば》をさえぎって、スミ丸《まる》は叫《さけ》びました。

「弟子《でし》にしてください！　師匠《ししょう》！」

「え？　・・・ししょう？」

驚《おどろ》く、オバケさん。

「弟子《でし》にしてもらうまで、ここを動《うご》きません」

頭《あたま》を下《さ》げるスミ丸《まる》ギツネ。

「若《わか》、ここまで言《い》っているのです。弟子《でし》にしておあげなさい」

しゃもじいさんが、また余計《よけい》なことを言《い》いました。

「そうよ。ケチケチしないで、弟子《でし》にしてあげたらいいじゃない」

タヌダちゃんも玄関《げんかん》に出《で》てきてスミ丸《まる》の味方《みかた》をしました。

スミ丸《まる》が、パッと顔《かお》を上《あ》げ嬉《うれ》しそうに叫《さけ》びました。

「ありがとうございます！　師匠《ししょう》！」

「え？　いや……ぼくは、弟子《でし》なんて」

『とる気《き》はないよ』と、オバケさんは言《い》おうとしたのです。しかし……。

「よかったね。オメデトウ！」

シフォンくんが、そう言《い》ったものですから、とうとう、いつの間《ま》にか、
スミ丸《まる》はオバケさんの弟子《でし》ということになってしまいました。

だから今《いま》では、スミ丸《まる》もしょっちゅう、スギナ屋敷《やしき》にやってきます。

タヌダちゃんと入《い》れ替《か》わり、立《た》ち替《か》わり……時《とき》には、二《に》ひきいっしょに。

オバケさんがキッチンでお料理《りょうり》を始《はじ》めると、まるで、ごちそうの匂《にお》いに誘《さそ》われるように、やってくるのです。
「でも、まあ、いいか……」と、オバケさんは思《おも》っています。だって、ごちそうは、みんなでワイワイ食《た》べたほうがおいしいですからね。

おわり

フレンチトーストの作り方

4

フライパンにバターをひいてこがさないように弱火にかけ、3の浸した食パンを重ならないように並べて焼く。軽くこげ目がついたら裏返して焼き、皿に盛る（裏返したら、ふたをするとふっくら仕上がる）。

＊このままでも充分おいしいですが、メープルシロップをかけたり、手作りのりんごジャムを添えてもまた格別です。

＊季節の果物や、ホイップクリームを添えると、おしゃれなデザートになります。

オバケさん特製!?

【材料】2人分

食パン	2枚
卵	1個
牛乳	1/2 カップ(100ml)
砂糖	大さじ2
バター	大さじ1

1 食パンはななめに半分に切る。

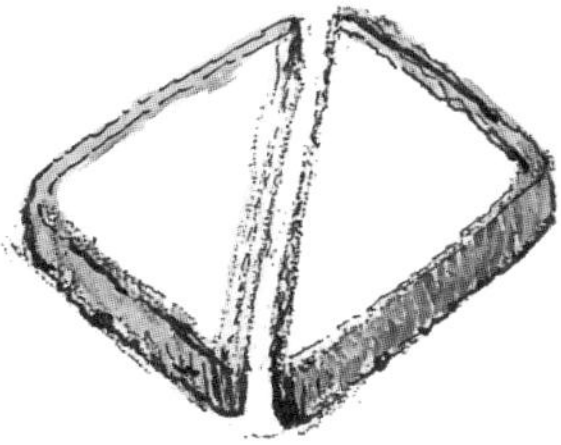

2 大きめのボウルに卵を割り入れ、よく溶いてから牛乳、砂糖を加え、さらによく混ぜる。

3 2のボウルに1の切った食パンを入れて、よく染み込ませる。

＝著　者　紹　介＝

富安陽子（とみやす　ようこ）

1959年生まれ。『クヌギ林のザワザワ荘』（あかね書房）で日本児童文学者協会新人賞、小学館文学賞、「小さなスズナ姫」シリーズ（偕成社）で新美南吉児童文学賞、『空へつづく神話』（偕成社）で産経児童出版文化賞、『盆まねき』（偕成社）で野間児童文芸賞、産経児童出版文化賞など、数々の受賞を重ねる。また、『やまんば山のモッコたち』（福音館書店）はIBBYオナーリスト2002文学作品に選ばれた。絵本に『まゆとおに』『オニのサラリーマン』（以上、福音館書店）、『わがはいはのっぺらぼう』（童心社）など。その他の作品に「シノダ！」シリーズ（偕成社）、「妖怪一家九十九さん」シリーズ（理論社）、「天と地の方程式」シリーズ（講談社）、『スギナ屋敷のオバケさん　オバケ屋敷にお引っ越し』（ひさかたチャイルド）など著書多数。

たしろちさと

東京都生まれ。絵本作家。2003年『ぼくはカメレオン』で世界同時７カ国語デビュー。『５ひきのすてきなねずみ　ひっこしだいさくせん』（ほるぷ出版）で第16回日本絵本賞を受賞。『ぼく　うまれるよ』（アリス館）でブラティスラヴァ世界絵本原画展入選。その他の作品に『くんくん、いいにおい』（グランまま社）、『じめんのしたの小さなむし』（福音館書店）、『がたぴしくん』（PHP研究所）、『クリスマスのおかいもの』（講談社）など著書多数。

スギナ屋敷のオバケさん　オバケとキツネの術くらべ　　2017年3月第1刷

作／富安陽子　絵／たしろちさと　
フレンチトーストレシピ作成／中山章子
発行人／浅香俊二　発行所／株式会社**ひさかたチャイルド**
〒112-0002 東京都文京区小石川4-16-9-207　電話／03-3813-7726　FAX／03-3818-4970
振替／00130-5-67938　URL　http://www.hisakata.co.jp/　印刷所・製本所／共同印刷株式会社
装丁／宇佐見牧子　編集／佐藤力　NDC913　21×15cm　112P　ISBN978-4-86549-097-8